SEXE BOMBE

Du même auteur

Roland est mort, éditions Anne Carrière, 2016 ;
Le Livre de Poche, 2017

Je ne sais pas dire je t'aime, éditions Anne Carrière, 2017 ;
Le Livre de Poche, 2018

Une folie passagère, éditions Anne Carrière, 2019 ;
Le Livre de Poche, 2020

La Claque, éditions Anne Carrière, 2021 ;
Le Livre de Poche, 2023

Nicolas Robin

Sexe bombe

Roman

Fayard

Couverture :
Conception graphique : Laetitia Stephany
Photographie : Adobe Stock

La citation d'Alfred de Musset page 219 est tirée du poème
« À ma mère », *Poèmes de jeunesse*, 1824

ISBN : 978-2-21372-523-9

Dépôt légal : mai 2023

« Il faut beaucoup aimer les hommes. Beaucoup, beaucoup. Beaucoup les aimer pour les aimer. Sans cela, ce n'est pas possible, on ne peut pas les supporter. »

Marguerite Duras, *La Vie matérielle*

« Sex bomb, sex bomb, you're my sex bomb, you can give it to me when I need to come along »

Tom Jones, « Sex Bomb »

Chapitre 1

Il faut beaucoup aimer les chiens. Beaucoup, beaucoup. Beaucoup les aimer pour les pomponner. Sans cela, ce n'est pas possible, on ne peut pas les supporter.

Eddy prend soin de leur pelage grâce à un premier shampoing dégraissant, puis un second contre les mauvaises odeurs. Il maîtrise les techniques de démêlage. Il taille le pourtour de l'anus avec précaution. Il peigne la queue avec douceur. Le toilettage canin, c'est un métier de passion qui demande un engagement du corps et de l'esprit. À quarante ans, Eddy est expert des ciseaux crantés, réputé pour un traitement sur mesure de chaque race. Les retraitées le sollicitent pour une épilation de leur teckel à poil dur ou une tonte de leur bichon frisé. Elles ont la mine réjouie dès qu'elles passent la porte du salon. Leurs chiens sont comme des enfants : il faut avoir du respect envers eux mais également du caractère, ne jamais les laisser prendre le dessus. Chaque jour, Eddy fait preuve d'une main de fer dans un gant de velours. Les adeptes du Web lui ont mis cinq étoiles sur Google.

À Dax, commune du Sud-Ouest, on s'accorde à dire que la clientèle de ce toiletteur canin est essentiellement féminine. Des mères à toutous, des touristes habituées aux cures thermales, des sexagénaires groupies du rugby. On pourrait se demander pourquoi ces femmes et pas d'autres ? Pourquoi ici et maintenant ? Quels sont leurs désirs profonds ? Il ne faut pas chercher au-delà de la moustache affriolante d'Eddy. Il est plutôt massif, du genre costaud, avec de beaux yeux noirs surplombés de sourcils épais. Les retraitées frissonnent au son de sa voix éraillée. Elles adorent quand il slalome entre le bac à douche et la table de toilettage, avec sa chemisette entrouverte d'où déborde une touffe de poils. Un homme. Un vrai.

De temps à autre, elles l'engagent pour un petit extra. Les mieux avisées, les plus audacieuses. Eddy est plutôt bel homme, quand on aime les bruns ténébreux joufflus. Les ragots circulent dans les cures thermales, on parle de lui entre deux bains de boue. Rien de méchant, des choses plutôt récréatives qui aident à lutter contre les rhumatismes et l'anxiété. Ce toiletteur canin serait un chic type accessible et dévoué. En lui amenant son chien, il suffit de préciser : « Je voudrais qu'il soit merveilleux de la truffe à la queue. » Phrase que chacun est en droit d'interpréter. Eddy, lui, reconnaît le mot de passe. Il fixe la cliente dans le blanc des yeux. Il sonde son besoin irrépressible. Il subodore son envie brûlante. Oublions le brossage du petit toutou. Elle fait appel à un service particulier. Elle veut du sexe. En général, très courtois et de bonne composition, Eddy adresse un clin d'œil de connivence en répondant : « Bien. Très bien. Je ferai de mon mieux. »

Depuis toujours, Eddy aime les femmes d'âge mûr, car elles sont aventureuses et captivantes, elles n'ont plus d'interdits ni de tabous. Il ne s'est jamais intéressé aux filles de son âge, mais à la mère du copain, à la voisine qui étend son linge, à la prof d'espagnol moulée dans sa jupe en similicuir, à la patronne du salon de coiffure. Des femmes de vingt ans de plus que lui dont l'histoire intime s'inscrit sur le corps et l'ingéniosité au coin des yeux. Elles lui épargnent le baratin sur le mariage ou le choix d'une crèche, le compte-joint et le plan d'épargne logement. Elles ont des choses à raconter et de l'amour à faire. Eddy met ses atouts à disposition de celles qui se sont donné du mal pour rester belles et désirables. Un peu de fard à paupières, de blush sur les joues, de rouge à lèvres nacré. Il leur conte fleurette dans son salon de toilettage, échange avec elles des propos tendres comme des confidences impudiques. « Mon mari et moi, nous ne faisons plus l'amour », avouent-elles. « Alors allons-y », répond-il. Les plus timides ne sont pas les moins vicieuses. À tout moment, si elles prononcent la formule magique, il les fait monter chez lui pour partager un intense moment d'intimité. En particulier, quand elles sont généreuses et fortunées. Eddy ne brusque rien, elles restent maîtresses de leurs fantasmes. Après quelques galipettes, ces dames lui offrent une bavette à l'échalote, ou une montre fabriquée en Suisse, ou une veste en daim, ou un caisson de basse adapté à son Alfa Romeo. De beaux cadeaux comme des offrandes au dieu du sexe.

Ce qui se trame dans son salon de toilettage est un hobby alléchant. Rien ne l'excite autant qu'une femme à la démarche lente mais assurée, le port de tête droit, qui s'arrête devant sa vitrine pour scruter ses doigts parcourant le pelage d'une bête comme un substitut de pubis.

Par conséquent, lorsque madame Guillou avait pris rendez-vous pour son Loulou, en précisant au téléphone : « Je voudrais qu'il soit merveilleux de la truffe à la queue », Eddy connaissait la suite du programme. À la pause déjeuner, il avait mangé une entrecôte accompagnée d'une salade de pousses d'épinard et bu une infusion au gingembre pour favoriser une érection optimale.

Toujours ponctuelle, madame Guillou est arrivée en fin de journée, vêtue d'une robe légère dessinant son buste et tombant au-dessus du genou. Eddy a contemplé ses mollets blancs et lisses comme de la céramique. Sa robe n'a pas été choisie par hasard. Combien en avait-elle essayées avant de jeter son dévolu sur celle-ci ? Ses ongles vernis représentent un gage de raffinement, ses cheveux détachés lui donnent un air insoumis. Madame Guillou joue sur les contrastes, Eddy aime ça. Elle lui sourit, accentuant ses rides d'expression tant redoutées, mais qui lui confèrent un charme pétillant. La cliente a retiré son alliance. Y aurait-il de l'eau dans le gaz avec monsieur Guillou ? À part son chien, personne ne doit savoir.

Eddy transporte la petite boule de poils dans le bac à douche et la shampouine en lui parlant d'une voix caverneuse :

– Alors, alors, on est un gentil Loulou, hein ? Le toutou à son pépère…

Au moment de le sécher à l'air tiède, le spitz pose son museau sur l'avant-bras du toiletteur et ouvre grands ses yeux miséricordieux, plaçant toute sa confiance dans l'ami des bêtes. Eddy lui taille les poils superflus, du bout des oreilles jusqu'entre les coussinets. Madame Guillou l'observe et frémit, juchée sur ses talons hauts. Elle jette un coup d'œil à sa montre. S'il pouvait se dépêcher, ce serait formidable. Elle souhaite un toilettage rapide, car Loulou doit garder son allure de peluche : il ne sert que d'alibi. Le savoir-faire d'Eddy va s'évaluer dans un autre domaine. Il termine au coupe-griffes pour une finition parfaite, avant de passer aux choses sérieuses :

– Voilà, madame Guillou, Loulou est prêt.

– Oh, je vous en prie, appelez-moi Viviane…

Il n'y a plus de temps à perdre. Son appartement est au premier étage, juste au-dessus du salon. C'est pratique quand on a seulement une heure, douche comprise. Il ferme la boutique et indique à sa cliente le chemin à suivre.

Chez lui, de grandes plantes vertes sur le balcon savourent le soleil de fin de journée et masquent la circulation des voitures. Eddy déboutonne sa chemisette.

– Vous m'excusez, Viviane, j'sens un peu le chien, une douche s'impose.

– Je patiente sur le canapé.

– Servez-vous une p'tite liqueur de prune…

Madame Guillou attache Loulou au pied de la table basse puis s'assoit, effleurant du bout des doigts la douceur de l'alcantara. Le reste du mobilier est en pin massif, sommaire, rustique. Une grande télévision est posée sur un meuble à tiroirs avec de larges enceintes de chaque côté. Son attention est happée par le puzzle d'un berger allemand encadré au mur. C'est glauque et kitsch. Il n'y a aucune touche féminine dans la décoration de ce lieu. Elle se demande ce qui pousse ce célibataire endurci à fréquenter des femmes comme elle : vieilles, fanées, délaissées par leur mari. Elle entend siffler dans la salle de bains et le claquement de l'eau contre le rideau de douche. L'idée de se glisser sous les vapeurs chaudes l'émoustille. Elle a déjà trompé son mari mais jamais avec le toiletteur canin. À quoi bon culpabiliser ? Il passe la soirée à jouer aux cartes dans une association de quartier et à boire du rosé bon marché. Après quarante ans de mariage, il ne la regarde plus, ne la touche plus. Leur vie de couple tient au confort des habitudes. La passion ? Un souvenir fade et risible.

Soudain, le jet d'eau s'arrête. Viviane tressaille sur le canapé. Elle croise les jambes et vérifie les plis de sa robe. Eddy la rejoint dans le salon, une serviette nouée autour de la taille, le torse encore humide. Il a la démarche du crooner qui sort des coulisses en reprenant une chanson d'amour triste :

– « Elle était maquilléééé… comme une star de cinééé… »

Il pose un pied sur le tapis, l'autre sur la table basse, sans gêne d'entrouvrir la serviette. Accoudé sur sa cuisse, il se la joue artiste maudit scrutant l'horizon d'un regard mélancolique.

– « Et moi je n'en pouvais pluuus… bien sûr elle ne m'a pas vuuu… »

Viviane tire sur la serviette. Eddy se retrouve nu, en demi molle, soumis au désir de sa cliente. Il se penche sur elle pour l'embrasser sur la joue, lécher son cou, puis mordiller son lobe d'oreille. Viviane le repousse brusquement, choquée par ses manières. Elle dit :

– Non ! Pas là ! Le chien nous regarde !

Au pied de la table, Loulou est en alerte, le museau relevé, les oreilles dressées. Il n'en perd pas une miette. Eddy est confus, lui qui a toujours mis un point d'honneur à mettre ses clientes à l'aise. Il se relève, expose une érection correcte, et entraîne Viviane vers sa chambre.

Elle lui demande de fermer les volets. Son corps n'a plus la fraîcheur de ses vingt ans, elle craint d'exposer ses vergetures en pleine lumière. Eddy obéit, d'autant qu'une ambiance tamisée est propice à la luxure. Il aime les hanches larges de madame Guillou, les plis de peau relâchée sous son cou, le corps avec ses imperfections. Lui-même n'est pas taillé à la serpe. Certaines femmes le trouvent un peu replet, d'autres légèrement potelé, mais elles raffolent de ses poignées d'amour. Il se rapproche d'elle, l'enlace, lui souffle à l'oreille combien elle est excitante. À la vue de son membre viril qui se frotte contre son bas-ventre, elle le croit volontiers. Il l'aide à enlever sa robe sans la froisser, à dégrafer son soutien-gorge, à retirer sa culotte, puis il l'allonge sur le drap comme une nuit de noces.

– Ça ne te dérange pas de caresser un corps flétri ? demande-t-elle, comme pour s'excuser.

– Bah non ! C'est la vie…

Viviane rougit mais il ne peut pas s'en rendre compte dans l'obscurité. Elle veut faire l'amour doucement. Tendrement. Passionnément. Elle a besoin de sentir des mains d'homme sur elle. Partout. Là, comme ça. Encore, oui ! Plus bas !

Eddy ne se renseigne jamais sur l'âge de ses clientes, car c'est impoli et inconvenant. Il aime les voir pleurer parfois après l'amour, allongées sur le flanc, la tête tournée vers l'oreiller. Elles retrouvent l'érotisme dans les gestes et la jouissance. C'est ce qui les rend émouvantes. Lui, il s'érige en philanthrope des sexagénaires, épicurien du sexe. En respirant le mont de Vénus de sa cliente, il est curieux de savoir ce qu'elle sera prête à lui offrir : une gourmette en or avec son prénom gravé ou des jantes en alu pour son Alfa Romeo ? Et lorsque sa langue s'insère entre les cuisses de madame Guillou, il la sent se cambrer de plaisir :

– Vas-y, dis mon nom !

– Oh, Eddy…

– Encore.

– Oh oui, Eddy !

Viviane ne regrette pas d'être venue. Elle se mord le pouce afin de ne pas crier. Ce n'est pas seulement une expérience satisfaisante, c'est une décharge électrique qui la transcende et la rend survoltée. Elle trouve ça vraiment bien avec le toiletteur canin. Aussi bien qu'avec l'installateur de la Freebox.

Chapitre 2

Gisèle Bourdieu, dite Gisou, est tout chose. Le toiletteur canin vient de lui susurrer à l'oreille :

– « Tu m'fais tourner la tête… mon manège à moi, c'est toi… »

Il ne lui en faut pas davantage pour trembler comme une jeune mariée. Bras dessus, bras dessous, Eddy a emmené l'octogénaire fouler le sol de la Musardière. Tous les retraités de Dax connaissent ce thé dansant. Le dimanche, ils s'y retrouvent pour une valse à trois temps, un rock endiablé, une polka sautée. Gisèle ne manquerait ce rendez-vous pour rien au monde. La Franc-Comtoise est veuve et suit une cure thermale chaque été. Avant d'être déformée par une polyarthrite rhumatoïde débilitante, elle veut danser jusqu'au bout de la nuit. Son jupon en popeline volette au rythme des flonflons. Malgré son âge, elle assume la couleur de sa robe : le rose lui va au teint. Et ça tourne au bras d'Eddy, ça brille de mille feux. Elle préfère louer les services d'un beau danseur que de guincher avec un vieux, sourd comme une taupe. Elle aime la musique, le contact, l'odeur de son cavalier au parfum musc boisé. Grâce à lui, elle s'offre une parenthèse enchantée. Il ne brusque pas les mouvements et ne la secoue pas comme une poupée de chiffon. Une cheville tordue refroidirait l'ambiance. En échange de quelques tours de piste, Gisèle lui glisse un billet dans la poche arrière de son pantalon, sans exiger de faveur sexuelle, elle laisse ça aux minettes de soixante ans.

Eddy joue les taxi-boys avec les divas du dancing et retrouve Gisèle Bourdieu pour un troisième été. Elle craint que ce soit le dernier, une attaque cérébrale est si vite arrivée. Lui espère la revoir l'an prochain. Grâce à ses petits billets, il s'est payé un téléviseur ultra haute définition avec amplificateur de son intégré. Idéal pour mater des matchs de rugby ou des séries fantastiques. Il passe la main dans le dos de l'octogénaire en continuant de lui susurrer :

– « Ah c'qu'on est bien tous les deux… quand on est ensemble nous deux… »

Et elle y croit, Gisou, transportée sur la Voie lactée, ses genoux frôlant ceux du toiletteur canin dans une harmonie virevoltante. Elle n'a jamais osé lui dire, mais il a un faux air de son père, ce charme viril des hommes d'antan. Des avant-bras musculeux qui vous retiennent, une moustache droite et noble. Si elle osait être indécente, elle se collerait à lui pour danser joue contre joue.

Entre deux valses, Eddy est persuadé d'effectuer une mission d'intérêt public. Il apporte un vent de fraîcheur à ces dames âgées, une part de rêve à laquelle elles avaient renoncé. Il n'y aura peut-être plus de sexe, ni de baisers baveux, mais il y aura encore de la danse.

– Gisou, vous prendrez bien une coupe de champagne ?

– Oh non, je vais être pompette !
– Une p'tite Suze alors ?
– Mais vous êtes fou !
Elle le prie de l'excuser, elle a très envie de faire la petite commission, et se faufile entre les couples qui guinchent au son de l'accordéon. Eddy en profite pour rejoindre le bar et s'envoyer une pinte de bière.

Au comptoir, beaucoup d'hommes le toisent d'un œil mauvais : des vétérans de bal à papa, vieux grognards du dancing, incapables de rivaliser avec lui sur le marché de la drague. Ce gamin moustachu vient leur chier dans les bottes. Les femmes, elles, trouvent ce taxi-boy extraordinaire. Il n'y a pas de mal à se faire du bien, quoi qu'il en coûte, on n'emportera pas ses économies dans la tombe.

Une femme l'observe en particulier, assise sur une chaise, les paupières fardées de bleu nuit telle une héroïne de tragédie profane. Une fausse blonde aux reflets cuivrés, la coupe de cheveux déstructurée, totalement rebelle. Elle semble n'attendre personne, pianotant des doigts sur un coin de table. Elle reluque Eddy accoudé au comptoir. Sa nuque puissante, son dos large, sa dégaine de nounours endimanché. Comme c'est joli, cet assemblage. Elle imagine la bière couler le long de sa gorge, rafraîchir son corps, revigorer ses sens. Et quand il s'essuie la sueur au front d'un revers de la main, elle le trouve torride. Qu'est-ce qu'il fout avec la vieille boudinée dans sa robe rose ? Ce n'est quand même pas sa mère, il a l'air de lui murmurer des cochonneries à l'oreille. Un gigolo à Dax ? Comme quoi, le métier s'exporte partout dans le monde, même en province. Avant les thés dansants, elle a fréquenté les clubs libertins et connu beaucoup d'hommes : des businessmen, des rock stars, des secrétaires d'État. Il lui suffit de claquer des doigts pour qu'ils s'abandonnent à elle, alors ce Dacquois ne lui résistera pas. Elle l'observe se détacher du comptoir avec nonchalance, quitter le bar et chalouper entre les tables. Et lorsqu'il lui passe devant, elle l'interpelle :

– Elle a beaucoup de chance, Barbara Cartland.

Eddy s'arrête net comme un chien de chasse face à une alouette cendrée. La soixantaine ardente, apprêtée pour être une arme de séduction massive, l'échancrure de son décolleté en dit long sur l'envie de rester dans le jeu. Elle dévoile un buste tanné par le soleil. Eddy a toujours trouvé qu'une touche d'indécence rend la bourgeoise excitante. Est-elle mariée, veuve ou divorcée ? Il garde son flegme, la chope de bière à la main, analysant le ton sarcastique de cette femme comme de la pure jalousie. Elle est déjà folle de lui.

– On s'connaît ? demande-t-il en se frisant la moustache entre deux doigts.

– Non… mais on va faire connaissance.

Eddy préfère les femmes plus âgées, car elles vont droit au but. Après des années de galères ou de mariages déçus, elles ne s'encombrent ni de politesses froides ni de minauderies. Elles draguent avec du coffre et de la gouaille, légèrement rentre-dedans. Celle-ci ne le ménage pas :

– Vous êtes balourd sur la piste, c'est dommage.

– Peut-être devrais-je changer de cavalière ?

– Moi, je ne danse pas sur ce genre de musique.

– Comment une demoiselle comme vous s'est-elle égarée à la Musardière ?

– Vil flatteur ! J'accompagne ma fille qui est l'accordéoniste de l'orchestre.

Eddy jette un coup d'œil à l'estrade et remarque une jeune femme blonde au teint pâle. Assez classe, plutôt jolie, un peu austère. Elle les épie, assise à côté du synthétiseur, l'accordéon sur les cuisses. Ses cheveux attachés lui donnent une allure de femme d'affaires qui a de l'assurance et veille au grain. Difficile de lui donner un âge. Une vingtaine d'années, peut-être trente. Elle étire le soufflet puis le comprime, appuie sur les touches du clavier en surveillant sa mère et ceux qui s'en approcheraient trop près. Ne faut-il plus craindre les maris mais les enfants à présent ? L'ambiance n'est pas festive, plutôt électrique. Au rythme cadencé, l'accordéoniste dodeline de la tête. Elle semble soucieuse, le visage tourmenté par des idées sombres que sa blondeur tente d'adoucir. Une forme de candeur déchirée.

– Arrêtez de lorgner ma fille, sinon je vais être jalouse.

– Elle a l'air moins aimable que sa mère.

– Comme tous les artistes, elle combat ses démons.

– Et vous, madame, vous avez le diable au corps ?

– Ne m'appelez pas madame. Ni mademoiselle. Maryse, c'est mieux ! Mais peut-être m'avez-vous reconnue ?

Le doute plane dans la tête d'Eddy. Ont-ils déjà dansé ensemble ? Bu un cocktail en terrasse ? Couché à l'hôtel

Le Splendid ? Il se souviendrait de ce regard incandescent qui le déshabille entièrement. Elle lui rafraîchit la mémoire :

– J'étais speakerine dans les années 80, je suppose qu'à cette époque vous regardiez encore les dessins animés.

Eddy se gratte le menton, cherche, mais ne se souvient pas. Lorsqu'il était enfant, il ne restait pas enfermé à la maison. Son père était absent, sa mère râlait souvent. Il traînait sur les terrains vagues avec des copains du quartier ou des chiens errants. Il s'exilait loin de la télévision.

Maryse veut en savoir davantage, à commencer par son prénom, et sinon, que fait-il à part s'amuser dans les bals musettes ? L'ancienne speakerine a une attitude désinvolte et une liberté de ton renversante. Ses paupières fardées sont intimidantes, la rendent mystérieuse et impitoyable. Le buste droit, elle suinte la concupiscence de la chair.

De l'autre côté de la piste, Gisèle Bourdieu sort des toilettes et fait de grands gestes à Eddy, brisant quelque peu la magie du moment. Il a un contrat tacite à remplir, les largesses financières de l'octogénaire exigent des contreparties. Il avale sa dernière gorgée de bière et pose la chope devant Maryse. Les mains jointes et les coudes sur la table, elle se moque de son empressement, histoire de ne pas perdre la face :

– Elle siffle et vous accourez.

– Il faut bien s'amuser.

– Vous êtes toujours aussi docile ?

En guise de réponse, il affiche ses fossettes rieuses. Une vraie provocation. Maryse le fixe droit dans les yeux et aime ce qu'ils expriment : un mélange d'innocence et de sauvagerie. Elle voudrait le retenir à ses pieds, qu'il reste à sa disposition, malheureusement le devoir l'appelle. Eddy lui tourne le dos. Elle en profite pour mater ses fesses et constater à quel point son pantalon est serré. Elle trouve ça tape-à-l'œil, effroyablement vulgaire. Ce moustachu est mal dégrossi, mais parmi les vieux ici présents, c'est ce qu'il y a de plus potable.

Elle ne bouge pas de sa chaise, se trouvant d'une sophistication très parisienne. Pourtant c'est l'autre rombière qui va se faire sauter ! Et qui est ce type ? Tout le monde l'a remarqué, il doit être connu en ville. Le barman pourrait la renseigner, moyennant un gros pourboire. Elle se pose des questions pêle-mêle : Aime-t-il les bains moussants ? Se laisse-t-il passer les menottes facilement ? Endure-t-il le fouet ? Il se fait admirer de loin en y prenant un plaisir certain. Elle regarde les gens alentour de travers, ne supportant plus les odeurs d'aisselles et de pets coincés dans les pantalons en toile. Là, tout de suite, elle aimerait respirer le corps de ce bellâtre. Le creux de son sternum, le pli de l'aine. Les nuits seront floues quand il s'endormira près d'elle. Ce n'est pas une question de semaines mais de jours. Le toit de la Musardière pourrait s'effondrer, rien ne détourne son regard de cet homme. Bientôt, il rampera vers elle et mangera dans sa main. Aujourd'hui, Maryse a trouvé son prochain jouet sexuel. Elle le veut nu. À sa merci.

Chapitre 3

Maryse traverse le pont de l'Adour, rêveuse et nostalgique. Le soleil caresse son visage comme un projecteur. Elle entend des applaudissements, des cris de félicitations, le crépitement des flashs. Elle repense à son couronnement de Miss Normandie. Il y a quarante ans, sur un podium de mairie, elle faisait la nique à la Rouennaise et à la Dieppoise. Que sont devenues ces deux concurrentes ? Ni journaliste ni actrice, encore moins directrice générale d'Action contre la faim. Les pauvres dauphines ont dû finir chefs hôtesses au Salon de l'auto, harcelées dans les allées par des mains aux fesses. Maryse, quant à elle, se félicite d'avoir fait un bon mariage. Si la speakerine mariée à un producteur de télé est un vieux cliché, en attendant, il l'a mise à l'abri du besoin. Elle revoit la crinière poivre et sel de Jean-Paul Delmar rôder dans les couloirs des studios. Le beau quadra, bronzé toute l'année, traînait chez Castel et couchait avec des mannequins. Sa langue s'était déroulée comme un tapis rouge quand Maryse était apparue à la grille des programmes. La vingtaine éclatante, des petits seins, une naïveté touchante. Il l'avait invitée dans les meilleurs restaurants des Champs-Élysées et demandée en mariage sur un Bateau-Mouche. La provinciale vivait un conte de fées. Il lui semble que c'était hier.

De l'autre côté du pont, elle entre dans un vieil immeuble attaqué par l'humidité. Elle monte au cinquième étage et frappe à la porte avec un brin d'appréhension. L'homme qui l'attend dans l'entrée a le crâne dégarni. Quelques cheveux gris pointant sur les côtés lui donnent un air de vieux fou. C'est un rendez-vous très important, pris longtemps à l'avance. À chaque séjour dans les Landes, elle rend visite au médium. Sur le palier, son appartement exhale une odeur d'encens au patchouli. Il porte une longue chemise à col Mao et un pendentif en forme d'araignée. Maryse trouve ça affreux mais n'ose pas le lui faire remarquer. Elle connaît le chemin, longe le couloir qui mène à son bureau et s'assoit sur le bord d'une chaise. Elle n'y colle pas son dos, d'autres l'ont fait avant elle, parfois une personne par heure. Le business du voyant fonctionne aussi bien que celui d'un coiffeur.

Il s'enquiert des nouvelles de sa consultante, veuve depuis le jour où on a retrouvé Jean-Paul Delmar dans un jacuzzi, flottant comme du bois mort, sous le regard horrifié d'une danseuse de salsa cubaine. Le monde des médias s'accorde à dire que le producteur s'est dilué dans l'alcool et consumé dans la poudre blanche. Le médium bat les cartes, coupe le jeu, puis l'étale sur le bureau. Elle n'aime pas le silence qui suit, lorsqu'il redresse ses sourcils comme un vieux hibou. Ses attentes sont immenses, ses espoirs insatisfaits. Elle voudrait lui arracher les mots.

– Je vois un bel et sombre inconnu. Un homme fort, au passé compliqué. Il a des errances, des doutes. Il vous tourne le dos, quand tout à coup, il remarque votre présence…

– Oui, c'est ça ! C'est exactement ça !

Elle en a les yeux écarquillés tellement sa vision est juste. Eddy a des cheveux bruns ondulés, la démarche lourde. Il s'est arrêté net, subjugué par sa beauté. Elle a toujours si bien capté la lumière. Le cartomancien l'incite à faire le premier pas, car la timidité de ce bel et sombre inconnu l'a empêché d'aller plus loin.

– Tous les hommes n'ont pas l'assurance d'un matador, dit-il, faites-lui une place dans votre vie.

– Dans mon lit, ça me suffit !

Maryse a fait un beau mariage, elle n'en espère pas un second. Elle ne veut plus être au service d'un mec, devenir son infirmière, sa secrétaire, sa boniche. Elle a déjà vécu l'enfer avec Jean-Paul et ses allers-retours en cure de désintox. Sa société l'accaparait vingt heures par jour. Il prenait des produits pour tenir le rythme, assouvir ses ambitions et son appétit sexuel. Maryse fermait les yeux en tournant le dos aux commérages. Elle se contentait d'être femme de businessman, dépensière de l'argent gagné à la sueur du front de son mari. C'est lui qui avait instauré de nouvelles règles en l'invitant dans les clubs libertins. S'oxygéner ailleurs ne pouvait pas nuire à leur couple. C'était les années 80, limousines blanches et champagne à volonté. Maryse s'était révélée dans les paillettes et la luxure, tandis que Jean-Paul ne dormait plus, parlait à son membre en érection, entamait des séries de pompes à quatre heures du matin, se trouvait beau dans le miroir. Les fêtes, les strings en dentelle, les pilules de toutes les couleurs. Aspiration de particules blanches dans les narines et un shot de vodka pour réveiller la bête. Jean-Paul Delmar y a laissé sa peau, une femme, une fille, et quelques placements financiers rentables. Maryse a porté le deuil pendant une semaine avant de savourer son célibat. Entre Paris et les Landes, elle visite des endroits prestigieux, elle s'offre des cures thermales dans des bains carbogazeux. Tout ce qui lui manque à l'occasion, c'est un peu d'affection, des câlins, du sexe. Son mari était plus âgé qu'elle, désormais elle s'intéresse aux hommes jeunes et vigoureux, qui répondent à la demande sans pilule bleue. Eddy est le candidat idéal pour la faire grimper aux rideaux. Elle creuse le sujet :

– Vous croyez qu'il va se passer quelque chose ?

– Bien sûr !

– Non mais sérieusement ?

Le médium ricane tant il devine le côté lubrique de l'ancienne speakerine. Elle est toujours une très belle femme, à n'en pas douter. Maryse aimerait qu'il se concentre davantage et lui décrive ce bel et sombre inconnu. Elle espère qu'Eddy n'est pas un tocard, parce qu'elle en a connu des séducteurs bas de gamme, des mecs foireux, des dandys qui lui réclament une Mercedes coupé sport ou une greffe de cheveux.

– Même si les hommes sont d'éternels gamins capricieux, lui répond le médium, celui-là vous comblera de joies et d'orgasmes.

– D'accord, mais la carte avec le squelette, c'est quoi ?

– Rien ! Une fin de cycle. La rupture avec le quotidien. Un recommencement. Donc oui, c'est imminent...

Une heure plus tard, Maryse traverse le pont de l'Adour en sens inverse. Il est presque midi, la chaleur l'étourdit. Elle a dépassé la soixantaine, et alors ? Tant que sa circulation sanguine va bon train, elle baisera avec qui elle veut et repoussera l'idée de la vieillesse. Évidemment sa jeunesse s'en est allée, inutile de tendre les mains pour la rattraper, mais elle a entretenu son visage qui a enchanté les téléspectateurs. Quant à la ménopause, ce n'est pas une date de péremption posée sur un œuf, au contraire, c'est la liberté. Fini les règles, les maux de ventre, la crainte de tomber enceinte. Il suffit d'entretenir la machine et de mettre de l'huile dans le moteur. Et la machine est loin d'être en panne. À son âge, elle a toujours autant envie de plaire et de découvrir un homme par le sexe. Nul besoin d'aimer pour jouir. Elle est libérée de cette injonction et ne comprend pas celles qui y restent bloquées.

Entre deux rives, elles croisent des Dacquois tout sourire. Ils la reconnaissent, c'est sûr, comme à l'époque où elle était une madone du petit écran. Les gens l'arrêtaient au marché de Neuilly pour lui demander une photo dédicacée. Ils emportaient un souvenir de leur speakerine préférée devant l'étalage de fromages de brebis. Maryse salue les passants d'un hochement de tête et chausse ses lunettes à verres fumés. Elle n'a pas le temps de discuter ou de signer un autographe, sa fille l'attend pour déjeuner. De l'autre côté du pont, elle aperçoit Chloé marchant avec sa canne. Sa jambe droite est raide, inexpressive, embarrassante. Elle trouve qu'elle manque de grâce. C'est terrible pour une ex-Miss Normandie d'avoir une fille qui n'aura ni son agilité ni sa prestance. Maryse l'observe avec désolation.

Chloé rejoint sa mère en claudiquant. Sa basket blanche râpe le goudron craquelé dans un bruit sourd. Elle sait que les gens s'écartent sur le trottoir car ils éprouvent de la compassion. Leurs visages, comme des pommes flétries, ne renvoient que désolation. Une jolie jeune femme comme elle, quel gâchis ! Ils se demandent ce qui lui est arrivé, si c'est de naissance ou une maladie auto-immune. Ils ignorent qu'elle boite depuis l'accident de voiture qui lui a valu une prothèse à la hanche, un accident dont sa mère est responsable. Entre boire et conduire, il faut choisir, et ce soir-là, Maryse n'avait pas renoncé à la vodka. Chloé a vingt-cinq ans, une canne solide et fiable, une mère irresponsable. Elle dévisage l'auteure de son calvaire. À la vue de son sourire, elle comprend que le médium lui a rempli la tête de bonnes nouvelles. Son humeur joyeuse, fabriquée par un diseur de bonne aventure, l'exaspère. Maryse l'aborde au bout du pont, sans prendre la peine de lui demander si elle a trouvé le temps long :

– Tiens-toi droite, ma chérie, sinon tu vas finir bossue.

– Après boiteuse, ce serait dommage…

Maryse ne prête pas attention aux sarcasmes de sa fille. Elle remet de l'ordre dans ses cheveux en pagaille et lui passe devant. Chloé la suit à pas lents. Elle prend sur elle depuis si longtemps. Quand elle repense à l'accident, il ne lui apparaît que du flou, c'est le bruit surtout qui est resté intact dans sa mémoire : le vrombissement du moteur, le crissement de pneus, le fracas du métal brisé. Ce n'est pas la vie de sa mère qui a été gâchée. Elle aimerait la pousser sur la chaussée, au moment où passe un fourgon de La Poste. Elle raconterait que c'était un terrible accident, pleurerait en se mouchant la tête sur le côté, dirait combien c'est difficile de vivre sans maman. Tout est limpide et calibré dans la tête de Chloé.

Place de la Fontaine-Chaude, la mère et la fille s'installent en terrasse. Chloé pose sa canne contre le rebord de la chaise, Maryse étire ses bras en inspirant lascivement sous le parasol. Pour elles, les Landes sont synonymes d'oisiveté et de douceur de vivre. Jean-Paul Delmar avait acheté une vieille bâtisse à retaper car il affectionnait la région. La famille adorait s'y réfugier dès que possible à chaque saison. La fille pensait y séjourner tranquillement tout l'été, se produisant dans les mariages et les bals musettes à l'occasion. Elle se demande combien de temps sa mère va rester. À quel moment remontera-t-elle dans le train ? N'a-t-elle pas envie de retrouver son jockey de l'hippodrome de Longchamp ?

Un jeune serveur vient à leur rencontre, mignon avec son t-shirt blanc et son foulard rouge autour du cou.

Chloé se redresse sur sa chaise. Maryse lui fait la bouche en cœur lorsqu'il leur tend la carte :

– Vous me reconnaissez ? J'étais speakerine dans les années 80. À cette époque, vous regardiez sûrement les dessins animés.

– Maman ! Il n'était pas encore né.

Le serveur est amusé, Chloé beaucoup moins. Sa mère ne peut s'empêcher de flirter dès qu'un homme lui plaît, peu importe son âge. Elle se retourne sur tout ce qui bombe le torse et a trois poils au menton, affichant son sourire de vedette pour commander une salade de tomates mozzarella :

– C'est léger, frais, parfait pour garder la ligne !

– Vous l'avez déjà, madame.

– Roooh ! Qu'il est adorable celui-là !

Elle le complimente sur la blancheur de son t-shirt. Malgré un travail salissant, il reste impeccable. Et quelle allure athlétique ! Elle lui demande s'il fait du sport, de l'équitation, du surf certainement.

– Maman, ça suffit !

– Enfin, ma chérie, je ne dis rien de mal…

– Tu comptes te taper combien de mecs de vingt ans en plus d'Alexandre ?

Chloé rouvre les vieux dossiers. Le serveur préfère s'éclipser. Maryse voit bien que rien n'est pardonné. Elle ne s'était jamais contentée de rencontres en club libertin, du mari d'une copine ou du prof de tennis, il lui avait fallu la chair d'un éventuel beau-fils. Combien de mamans dans le monde oseraient coucher avec le copain de leur fille ? Chloé intègre la sienne dans le pourcentage.

Elle en a encore les mains qui tremblent. Les mèches sur le front d'Alexandre, son jean usé, sa façon d'être à l'aise partout où il passait. Il avait vingt ans à l'époque. Les étudiants s'étaient rencontrés en musicologie. Un garçon tombant amoureux d'une fille qui se déplaçait avec une canne n'était pas fréquent. Il était moins superficiel que les autres mecs de leur âge, plus attentionné, plus clairvoyant. Il aimait spécialement ce mélange de fragilité et de force qui émanait d'elle quand elle entrait dans l'amphi. Chloé ressentit des picotements le long des jambes la première fois qu'elle le vit avec une cigarette entre les doigts. Il avait les yeux sombres et la peau si pâle.

– C'était mon premier amour…

Chloé l'avait présenté à ses parents et elle le regrettait amèrement. Quelques semaines après la rencontre, le cours des répertoires polyphoniques du Moyen Âge avait été annulé. Elle voulait faire une surprise à Alexandre en le rejoignant dans son studio. Est-ce le bruit de ses pas lents et lourds dans les escaliers qui l'avait alerté ? Le cliquetis des clés à l'ouverture de la porte ? Il eut le temps de bondir de son canapé-lit et d'enfiler un jean, mais pas de t-shirt. Chloé se pétrifia dans l'entrée. Sa mère était là aussi, son pull en mohair glissant le long de l'épaule.

– Fallait te voir avec tes cheveux ébouriffés, ton rouge à lèvres bavant sur le côté.

– Écoute, ma chérie, je ne sais pas quoi te dire.

– Alors ne dis rien…

– Vois les choses sous un autre angle. Il n'était pas sérieux, ce garçon. Finalement, je t'ai rendu service. Tôt ou tard, il t'aurait trompée avec une autre.

– Merci de l'avoir démasqué, Mère Teresa.

Ce fut le choc. L'incompréhension. La chute vers un abîme glacial. Puis un torrent de questions : « Qu'est-ce que tu fous là ? Ça dure depuis longtemps ? Pourquoi, maman ? »

– Ça te choquerait moins d'imaginer ton père vautré sur une gamine du Crazy Horse ?

– Ça n'a rien à voir !

– Tu fais deux poids, deux mesures.

Maryse préfère se taire, car malgré son air bravache, elle n'est pas fière. Elle avait encore le goût du sexe d'Alexandre en bouche quand sa fille l'a giflée. Elle ne pourra jamais faire marche arrière et devra constamment affronter son jugement. Juste après, Chloé avait quitté l'appartement familial pour un logement d'étudiant. Elle et sa mère ne s'étaient plus adressé la parole jusqu'à la mort de son père. Jean-Paul Delmar, parti au ciel, les avait forcées à communiquer de nouveau. Et si papa les voyait en ce moment, là-haut, depuis son nuage, qu'est-ce qu'il dirait ? se demande Chloé.

Le serveur revient avec les assiettes et tente d'apporter un peu de bonne humeur en soulignant combien les Parisiennes sont sympathiques. Maryse pousse un rire forcé et expose un blanchiment dentaire impeccable. C'est également une tactique pour faire retomber la tension à table. Plus rien n'existe, à part le jeu de séduction entre elle et cet éphèbe ignorant de ce qu'est une speakerine. Il trouve cette MILF très aguicheuse, une bonne anecdote à raconter aux gars en cuisine. Chloé roule des yeux. Elle en a marre de sa mère.

C'est au-delà du simple ras-le-bol. Les mots ne sont pas suffisants pour englober les sentiments d'agacement et de colère. Elle la déteste. Sa mère l'a brisée en mille morceaux à plusieurs reprises et elle en ressort chaque fois impunie. Toutes les Parisiennes ne sont pas sympathiques. Cet été, c'est officiel : Chloé va se venger.

Chapitre 4

C'est fou le nombre de caniches abricot appelés Cannelle. À croire qu'il n'y a pas d'autres prénoms envisageables. Rien qu'en ce moment il y en a deux dans le salon de toilettage. Et pendant qu'Eddy sèche les pattes du caniche de madame Lopez, son stagiaire shampouine celui de madame Jacquet.

– Florian ! Frotte bien sous le bas-ventre ! C'est là qu'ça sent le pipi.

Cannelle numéro deux s'ébroue dans le bac à douche, maintenu tant bien que mal par l'apprenti. Le jeune homme n'est pas très épais, imberbe, les bras fluets. Il était vendeur de robinetterie industrielle, mais lassé par la quincaillerie, il s'est reconverti. Eddy s'est reconnu en lui lors de son embauche, car lui-même a démarré dans la coiffure avant de bifurquer vers le toilettage canin. Toutefois la comparaison s'arrête là. Il trouve le stagiaire gentil, dans le sens où il n'a pas un caractère conflictuel, mais trop introverti pour boire une bière à la sortie du boulot. Ce n'est pas le collègue avec qui on parle rugby ou automobile, pas le genre à raconter des blagues de cul en commandant une pinte. Florian manque d'initiative, parle peu, reste planté devant la caisse quand le chien s'en est allé, et Eddy doit lui rappeler de passer un coup de balai. Lui, à son âge, il était plus débrouillard pendant son stage de coiffeur. Lui, à son âge, on le surnommait le Michel-Ange de la mise en plis. Lui, à son âge, il recevait les compliments de sa patronne.

– Je t'ai déjà parlé de mademoiselle Élisabeth ? demande-t-il, laissant planer sa question et son autosatisfaction.

– Euh… oui, je crois…

– On n'oublie jamais sa première fois.

Tout en frictionnant le poitrail de Cannelle, Florian parie que son patron va encore lui raconter son dépucelage. Et il ne va pas lésiner sur les détails. Eddy s'en souvient, les yeux perdus dans le vague, une serviette humide à la main. Il avait seize ans et du duvet sous le nez. Sa patronne avait fait de lui son protégé. Elle lui répétait combien il était travailleur et dévoué.

– Ah, mademoiselle Élisabeth ! Super bien roulée dans sa jupe en skaï. Je t'ai dit qu'elle avait quarante ans à l'époque ?

– Han !

– Côté boulot, elle était chanceuse, mais côté cœur, elle galérait. Alors un soir, elle s'était réfugiée dans la réserve pour pleurer. Son amant venait de la larguer en lui annonçant qu'il ne quitterait jamais sa femme.

– Et donc, vous l'avez réconfortée, dit Florian, en vue d'accélérer la suite.

– On ne laisse pas Bébé dans un coin, tu connais ? C'est la base.

Eddy était resté jusqu'à l'heure de la fermeture pour aider sa patronne à tout ranger. Il la surprit en train de se moucher dans une serviette-éponge. Son maquillage coulait comme celui d'un clown triste. Entre deux sanglots, elle répétait que sa vie était fichue, elle lui confiait son désarroi de femme bafouée.

– Je l'écoutais sans la juger. Ça aussi, c'est la base.

Elle blottit sa tête contre l'épaule de son stagiaire. Elle espérait qu'il deviendrait un homme formidable, pas ce genre de connard égoïste et manipulateur que la société fabrique. « Ne change pas, Eddy, disait-elle en lui caressant la joue. Ne change jamais. »

– Qu'est-ce qui s'est passé à cet instant pour que sa bouche se colle à la mienne ? Faut croire que mademoiselle Élisabeth avait un grand besoin de chaleur humaine.

Elle le trouvait si beau avec ses sourcils épais, ses épaules larges et son duvet. C'était déjà un homme. « Venge-moi, Eddy ! » lui souffla-t-elle au nez. Elle déboutonna son pantalon comme dans le plus fiévreux de ses rêves érotiques. Elle souleva sa jupe en skaï et s'assit sur le lave-linge en marche. Et dans les odeurs de colorants et de linge humide, Eddy perdit sa virginité en trois minutes.

Florian ne boit pas les paroles de son patron, il les a déjà entendues. Il emmitoufle Cannelle dans une serviette avant de le sécher. Le caniche abricot lui accorde toute sa gratitude à travers ses petites billes noires enfouies sous les poils.

Par fierté, Eddy n'ouvre pas son cœur davantage. Il aurait recommencé de bon gré, à la même heure et au même endroit, si mademoiselle Élisabeth ne s'était pas montrée distante le lendemain. C'était un homme désormais, mais il restait un gamin pour sa patronne. Elle lui répétait qu'il était mineur, qu'elle avait commis une faute grave. C'était un malencontreux dérapage, il ne fallait pas que les gens le sussent. Cette expérience de revanche au rythme d'un cycle essorage ne connaîtrait pas de lendemain. Elle lui signa un gros chèque pour le remercier du stage, mais surtout pour acheter son silence. C'est la première fois qu'il associa sexe et argent, plaisir d'offrir et joie de recevoir. Il repensa souvent à mademoiselle Élisabeth. Sa peau douce, ses jambes en l'air, ses cris aigus. Il n'osa cependant jamais lui téléphoner ni rôder devant la vitrine du salon de coiffure.

– Florian ! Cannelle ne supporte pas le séchoir. Mets-lui un bandeau antibruit autour des oreilles.

Eddy garde un œil sur son stagiaire. Il aimerait tant qu'il parvienne à son niveau d'excellence, qu'il devienne un jour comme lui expert des ciseaux crantés, un toiletteur digne de ce nom. D'une main, le jeune apprenti retient le caniche, de l'autre l'embout du pulseur. Les gestes sont incertains, mal maîtrisés, et cèdent à l'affolement. Il fait de son mieux, car on devient toiletteur en toilettant, toutefois son patron laisse entendre que dans son cas, le chemin sera long :

– Fais des petits mouvements circulaires sinon ça le brûle !

Eddy est consterné. Son stagiaire manque trop d'assurance pour s'imposer dans le métier. C'est à croire qu'il a deux mains gauches, ce garçon. Lui, à son âge, il était d'une dextérité remarquable. Toutes les clientes le réclamaient au shampoing, il avait un certain savoir-faire pour le massage capillaire. Elles le trouvaient enjôleur et lui filaient un gros pourboire avec leur numéro de téléphone. Aujourd'hui, rien n'a changé, si ce n'est qu'il a pris de la maturité et de l'épaisseur.

Eddy se retourne vers sa tâche immédiate : couper les poils superflus autour des oreilles du caniche de madame Lopez. En levant les yeux vers la vitrine, il aperçoit une femme à la silhouette élancée de l'autre côté de la rue. Les jambes dessinées dans un long pantalon crème, les cheveux coiffés à la diable. Elle l'observe en fumant une cigarette. Il reconnaît l'ancienne speakerine qui l'a abordé au thé dansant. Madame explore. Madame furète. Si elle s'est renseignée pour retrouver sa trace, ce n'est pas pour danser une valse. Il a l'habitude de voir des passants s'arrêter devant sa boutique et s'émerveiller à la vue des petits chiens, mais le comportement de cette femme ne traduit pas la mièvrerie. Elle garde ses distances. Elle le guette. Elle monte la garde. Il ne saurait dire depuis combien de temps elle est à l'affût. Sa fille la rejoint en traînant la jambe sur le trottoir, aidée d'une canne. Eddy est dérouté par son handicap, qu'il n'avait pas remarqué à la Musardière, quand l'accordéoniste était assise sur l'estrade. Son apparente froideur la rendait rigide, mais sa démarche bancale lui confère beaucoup de fragilité. C'est elle qui s'installe au volant d'une Golf noire garée devant le salon. Maryse prend une dernière bouffée de tabac, jette le mégot dans le caniveau, puis monte côté passager. Madame est farouche. Madame joue avec le feu. Eddy raffole de ce genre de femme : bourgeoise, polissonne, téméraire mais pas trop. Elle ne le lâche pas du regard lorsque la voiture quitte le parking. Et pendant que son esprit vagabonde, le caniche de madame Lopez le rappelle à l'ordre d'un coup de langue. Il existe aussi, il attend son brossage. Derrière lui, le stagiaire patiente, les bras ballants. Cannelle numéro deux jappe à ses pieds.

– Bon, Florian ! Le caniche de madame Jacquet va pas s'brosser tout seul !

Chapitre 5

Au feu rouge, Chloé jette ses longs cheveux blonds derrière les épaules. Le geste est précis et attrayant. Un motard s'arrête à son niveau, le visage camouflé sous un casque gris métallisé, les avant-bras solides et tendus sur le guidon. Il la mate à travers sa visière. Elle lui adresse un sourire mutin, ses yeux bleus tranchants comme du verre. Elle semble lui dire : « C'est où tu veux, quand tu veux. »

Le jeu s'arrête là. Chloé sait que ce genre d'homme tout-terrain fuit dès qu'elle s'approche avec sa canne. Elle n'a pas l'allure d'une poupée gonflable, d'une danseuse qui *twerke* derrière un rappeur bodybuildé, d'une femme en string panthère lustrant la selle en cuir d'une grosse cylindrée. Elle, c'est la fille qui va clopin-clopant en se répétant : « Rien ne sert de courir, il faut partir à point. » Elle, c'est la fille qui ne s'affuble pas d'un look flashy mais reste dans la subtilité. Un trait d'eye-liner borde ses cils, travaillés au mascara noir pour asseoir son autorité. Elle, c'est la femme qui refuse d'être chosifiée et malmenée. Lorsque le feu passe au vert, le motard accélère. Dans le rétroviseur, Chloé aperçoit Dax rapetisser et l'Adour devenir un ruisseau.

Depuis qu'elle a passé le permis, elle ne laisse plus sa mère conduire. L'accident a provoqué des traumatismes plus violents qu'une prothèse à la hanche. Il a rompu toute confiance entre elles. Chloé ne met pas sa sécurité entre les mains de cette femme, même si elle a seulement bu une eau pétillante. Maryse est frivole et inconsciente. Sa désinvolture a charmé beaucoup d'hommes mais pas sa fille. Les pieds sur le tableau de bord, elle rêve comme une gamine en regardant les nuages dans le ciel. Chloé la ramène sur terre :

– Tu t'intéresses au toilettage canin maintenant ?

– Non, au toiletteur.

– Laisse-moi deviner… Il est costaud, aventurier, brut de décoffrage, le genre à dégoupiller une bière avec les dents ?

– Il a plus de vingt ans et tu ne le fréquentes pas, alors j'ai le droit, non ?

Un silence gênant s'installe dans la voiture. Maryse se demande ce qu'elle a bien pu faire de mal. C'était Alexandre l'instigateur, l'obsédé, le conspirateur. Et c'est elle que sa fille blâme. L'étudiant était très mature pour son âge et voulait une expérience avec une vraie femme, pas une jeune vierge, on pouvait le comprendre. Elle avait cédé par faiblesse, uniquement parce qu'elle était en proie à la panique dans un monde où la femme, passé cinquante ans, est mise au rebut. Son mari la trompait à tire-larigot, donc elle n'allait pas se priver. Elle est victime des hommes après tout, et elle doit gérer la rancune de sa fille. Chienne de vie !

Chloé se lance sur la route bordée de platanes. Sa mère ne parle plus, visiblement vexée. Évoquer le passé est toujours source de conflits et coupe la communication pendant des heures, avant de replonger dans le quotidien et ses discussions sommaires. En attendant, le silence est reposant. Chloé n'a jamais oublié les baisers d'Alexandre et son regard sombre de poète romantique. Elle n'a jamais oublié l'annulation des cours et cette bouffée de liberté, la précipitation malgré sa canne, les klaxons des voitures sur le boulevard, l'impatience de retrouver son amour, la respiration haletante dans l'escalier, le souffle coupé quand elle est entrée. « Qu'est-ce que tu fous là, maman ? » Elle n'a jamais oublié le sourire malicieux de sa mère, comme une fillette qui a trempé ses doigts dans un pot de confiture. La trace de rouge à lèvres étalé sur le côté était une preuve flagrante. Elle n'apportait pas une quiche ou un bégonia, elle était venue pour dévorer Alexandre. Chloé crispe ses mains sur le volant quand elle y repense.

Vingt-cinq ans et la vie devant elle, une prothèse à la hanche et le cœur brisé, elle s'est rendu compte trop jeune que chaque vie humaine, à un moment donné, est meurtrie par une autre. Elle craignait qu'une fausse copine lui pique son mec, elle ignorait que l'ennemie serait sa mère. Dans leur entourage, Maryse Delmar est la seule à avoir osé. Si la mère parfaite est un mythe, on espère toujours que la sienne porte une robe pastel et prépare avec amour des gâteaux dans une cuisine équipée d'un four encastrable. On exulte avec elle en feuilletant un catalogue de robes de mariée style princesse, spécialement conçues pour vivre le plus beau jour de sa vie. On lui téléphone en premier, les yeux emplis de larmes de joie, pour lui annoncer : « Tu vas être grand-mère ! » Et elle trempera ses doigts dans l'eau du bain de bébé pour vérifier qu'elle n'est pas trop chaude ni trop froide, juste à température idéale. La mère parfaite n'est pas perfusée au chardonnay, elle ne conduit pas en état d'ébriété, elle ne propulse pas la voiture dans le fossé quand vous êtes assise sur le siège d'à côté, elle ne taille pas des pipes à votre fiancé.

La mère parfaite est une affabulation ou elle existe chez les autres. Si la sienne pouvait rentrer à Paris, ça l'arrangerait.

– Tu comptes rester là tout l'été ?

– T'as qu'à dire que je te gêne !

– Non, mais j'ai du boulot.

– Oh, ça va, tu joues de l'accordéon, t'es pas cantonnière de la voirie.

À la radio, l'intro d'un tube de Gloria Gaynor arrive au bon moment pour interrompre un nouveau conflit mère-fille. Maryse monte le son, garde ses pieds sur le tableau de bord et pousse la chansonnette :

– *At first I was afraid, I was petrified,* la la la la…

Dans la fièvre du disco, au rythme de cet hymne des femmes trompées et larguées, Chloé se demande comment garder espoir en l'avenir. Comment oublier le passé. Comment obtenir justice.

Lorsqu'une personne vous empoisonne la vie, ne faut-il pas la supprimer avant qu'elle ne vous tue pour de bon ?

Chapitre 6

Eddy a fermé le salon. Aucun rendez-vous galant prévu ce soir, ni d'apéro avec les copains du CrossFit. Il va s'acheter un filet de pommes de terre et se faire des frites. Le bonheur, c'est de s'installer avec un plateau-télé devant *Game of Thrones*. Personne ne l'attend chez lui, les femmes ont toujours défilé dans sa vie sans qu'il ait envie de s'engager. Il a remarqué que le temps émousse la curiosité et refroidit l'engouement. Lui, ce qu'il veut, c'est vivre libre, sans contrainte ni responsabilité, rester un objet de désir, un fantasme ambulant.

À la sortie de la supérette, il se sent suivi. Il n'est pas certain mais il parierait gros. Si les pas sont silencieux, dans son dos, la respiration est rauque. Grâce au reflet sur une vitrine, il remarque un homme âgé, trapu et chauve, qui le talonne de près. Excessivement près. La rue piétonne est assez large, pourquoi ce type lui colle au cul ? Il accélère, traverse la grande place, contourne le bâtiment des halles, puis se retourne sous les arcades. Le chauve ne l'a pas lâché d'une semelle. Il est planté devant lui, le visage buriné par le soleil, le regard dur, surjouant la virilité. Encore un *sugar daddy* venu le draguer. Eddy en a marre que les homosexuels voient dans sa moustache la réincarnation d'un Village People. Ce n'est pas un signe de ralliement, les gars, il faut mettre un terme aux vieux clichés. Il ne souhaite pas lui donner de faux espoirs et lui annonce :

– Écoutez, ça ne m'intéresse pas. Je n'ai même pas envie d'essayer…

Sans dire un mot, le vieux bronzé croise les bras et toise Eddy comme un bout de gras, affichant un certain mépris. Puis tout à coup, il lance :

– Je veux que vous arrêtiez de voir ma femme.

– Pardon ?

– Je suis monsieur Guillou, ça vous parle ?

– Guillou… Guillou… le mari de Viviane ?

– Ah ! Je vois que vous êtes intimes.

Si Eddy a souvent composé avec des gays, il a eu aussi affaire à des maris jaloux. Ça ne date pas d'hier. Il a toujours raffolé des femmes mariées, car elles envoient valser les conventions. Il devient le fruit d'une quête, l'objet de la transgression, une sorte de Graal. Autrefois, dans les salons de coiffure, il appliquait des colorations, coupait des fourches ou des mèches rebelles, écoutait les confidences de ses clientes sous les casques chauffants. Parfois elles lui demandaient son avis, d'autres fois elles lui racontaient leurs malheurs. Il répondait par des « Mmm » d'approbation et des « Oh ! » d'apitoiement. Tous les coiffeurs ne suscitent pas les confidences, mais il avait le don de mettre ces dames à l'aise. Est-ce parce qu'il était attentif que les clientes le trouvaient irrésistible ? Certainement. Sans compter son charme latin. Le problème était apparu quand les maris avaient découvert la vérité, comme monsieur Guillou aujourd'hui. Et il est plutôt chafouin :

– Je vous mets mon poing dans la gueule maintenant ou la prochaine fois ?

– Euh… ni l'un ni l'autre !

– Donc vous comptez en rester là ?

– C'est-à-dire que… ça dépend de votre femme.

– Vous vous foutez de moi ?

Eddy est abasourdi, car sa remarque est légitime, elle va chercher loin dans le passé. Lorsqu'il était coiffeur, ce sont les clientes du salon qui le débauchaient. Lui, il se donnait à l'arrière d'une voiture, puis sur le clic-clac de son studio. Le temps d'une heure, les quadras et les quinquas revivaient leur période étudiante. Jusqu'au jour où le scandale avait éclaté. La rumeur court vite dans les villes de province, tout finit par se savoir. Il suffit d'un mari jaloux pour que d'autres s'en mêlent, se regroupent en association de malfaiteurs et vous cassent la gueule. Eddy s'en était sorti avec une côte fêlée et une dent en moins.

– Allons, allons, m'sieu Guillou, on va se calmer.

– C'est marrant, je vous imaginais plus grand.

– Bof… taille normale, quoi !

– Non mais sinon, vous savez qui je suis ?

– Euh oui… le mari de madame Guillou.

– Ex-brigadier chef des gendarmes à moto.

– Ah ouais… balèze !

Eddy n'ose pas contrarier ce mari jaloux, assez râblé, les biceps encore saillants malgré un début de soixantaine. Des déboires, il en a déjà connu avec un représentant de l'ordre, au point de changer de métier et de région. Parce qu'à Roubaix il jouissait d'une bonne réputation. Même l'épouse du sous-préfet avait entendu parler de lui par sa partenaire de squash, qui vantait ses mérites dépassant le seuil du défrisage. Il n'en fallut pas davantage pour que la sous-préfète s'ouvrît aux joies du libertinage. Cependant elle eut tort de conserver quelques textos, ou plutôt sextos. Son mari tomba dessus comme dans un mauvais vaudeville : « Ciel, ma femme batifole avec un coiffeur hétérosexuel ! » Un seul appel suffit à faire renvoyer Eddy. Un second l'empêcha de retrouver un emploi dans le département.

Ce soir, il se demande jusqu'où monsieur Guillou peut lui causer du tort.

– En tant qu'ex-brigadier chef, j'ai des contacts et des personnes de confiance un peu partout en Aquitaine.

– Mmm…

– Par exemple, je suis ami avec l'adjudant de la caserne des pompiers de Mimizan.

– Mmm…

– Et aussi, un inspecteur du recouvrement à Mont-de-Marsan. Les cotisations, l'Urssaf, tout ça, tout ça…

– Mmm…

Le filet de pommes de terre glisse dans la main d'Eddy. Il se souvient des mois de galère et de chômage à Roubaix, sans perspective de relancer sa carrière, à boire des canettes de bière en observant les gens par la fenêtre. Un soir, il avait remarqué une dame enveloppée dans un châle qui ramassait les excréments de son chien. Elle était attentionnée et respectueuse de l'environnement. Le corniaud lui léchait les mollets. De loin, il avait trouvé la scène émouvante. « Bon sang, mais c'est bien sûr ! » s'exclama-t-il en broyant la canette de bière d'une main ferme. Il envisagea alors d'explorer d'autres surfaces capillaires en remplaçant l'humain par l'animal. C'est ainsi qu'il s'était lancé dans l'aventure du toilettage canin. Au moins avec les chiens, il n'y aurait pas d'histoires de fesses. Il ne concevait pas que même les propriétaires des toutous se passeraient le mot pour requérir sa technicité au service du clitoris. Quand on est un tombeur, on le reste. Et les mêmes problèmes d'adultère ressurgissent au fin fond des Landes.

– Alors maintenant, vous allez foutre la paix à ma femme.

– D'accord, m'sieu Guillou, promis !

– Sinon il va vous arriver des bricoles.

– Vous savez, elle est montée de son plein gré…

Bam ! La phrase de trop. La provocation au bout de la langue. Le coup de poing est parti tout seul. Eddy est projeté contre un pilier en béton, lâchant le filet de pommes de terre. Monsieur est impulsif. Monsieur a la technique imparable pour balancer un crochet du gauche. Les années d'entraînement à la caserne de gendarmerie prouvent leur efficacité. Il est bagarreur, et on le sent prêt à recommencer en compagnie des pompiers de Mimizan. Eddy n'ose plus bouger de peur de subir un crochet du droit cette fois. Finalement, il aurait préféré être suivi par un homo lourdingue. En disant stop gentiment, il en serait resté là, et ils auraient même pu devenir copains en buvant un kir pêche au bar du coin.

Il n'y a aucun témoin de l'agression. Aucune mouche ne vole sous les arcades du centre-ville à cette heure. L'ex-brigadier chef a attendu le bon moment. Il lui dit :

– Salut, p'tit merdeux.

Et il repart en chaloupant avec l'assurance d'une mission bien accomplie. Une main posée sur la mâchoire, Eddy l'interpelle par curiosité :

– M'sieu Guillou... comment vous l'avez su pour madame Guillou... et moi ?

– Elle l'a avoué à son coiffeur, qui l'a répété à la fleuriste, qui l'a raconté à son mari, qui l'a dit à sa secrétaire, dont le cousin joue à la belote avec moi... Le monde est p'tit, hein ?

Eddy acquiesce d'un hochement de tête. Il ramasse son filet de pommes de terre en repensant à son dépucelage, à toutes les femmes mariées qu'il a connues ensuite : des nerveuses, des pulpeuses, des fraîchement permanentées, des poseuses de faux ongles, une ancienne cheffe des majorettes, des pros du squash, une sous-préfète, quelques skieuses de fond, des férues de karaoké, des bavardes, des taiseuses, des blondes, des brunes, des acajou. Il n'ose plus les compter. Désormais, il faudra limiter les risques et viser uniquement les veuves et les divorcées.

Chapitre 7

Eddy épluche les pommes de terre en écoutant le compte rendu de la sixième étape du Tour de France : *« Eh oui, c'était encore une chaude journée, le peloton de cyclistes s'est reformé pour attaquer le ballon d'Alsace… »* Lui, le seul ballon qu'il attaque, c'est le verre de vin rouge charpenté et corsé. Après un coup de poing à la figure, il l'a bien mérité. Il se prépare des frites et un tournedos saignant, il a besoin de gras, c'est réconfortant. S'il vivait en couple, il éplucherait davantage de pommes de terre, assis en face de sa femme, en échangeant des propos sur l'augmentation du prix du gaz ou du carburant, des propos qui n'appellent pas de réponses, qui donnent envie de manger rapidement, vite débarrasser, et de se réfugier devant la télé. Eddy préfère vivre seul plutôt que de voir son couple éclaboussé de morosité. Il suit son instinct, fait ce qui lui plaît, même des frites tous les soirs de la semaine. Il en salive d'avance.

Sur la table, son téléphone sonne, mais il ne répond pas. C'est Karen, sa sœur, la petite dernière, l'emmerdeuse qui lui réclame toujours de l'argent. Par le passé, il lui en a déjà beaucoup donné. Elle prend un service rendu pour une habitude. Eddy n'est pas la banque Rothschild ni le Crédit social des fonctionnaires, et surtout, il n'est pas le seul frère, donc non, il ne décroche pas. Le téléphone sonne une seconde fois, mais il continue de jouer les abonnés absents. En général, Karen laisse un message plein de désespoir, annonçant qu'il y a un dégât des eaux chez elle avec des traces de moisissure au plafond, en plus on lui a coupé l'électricité et elle s'éclaire à la bougie, elle est au bout du rouleau donc s'il pouvait la dépanner d'un gros chèque, ce serait très gentil de sa part. Après un court instant de silence, elle ajoute qu'il a toujours été son frère adoré puis elle raccroche.

Son économe dans une main, une pomme de terre dans l'autre, Eddy compte les secondes, mais aucun message ne tombe dans sa boîte vocale. Bizarre. Il boit une gorgée de vin tandis que le téléphone sonne une troisième fois. Quelque chose d'étrange a dû se passer pour que sa sœur insiste autant. Il se fait violence afin d'écouter les déboires familiaux venus des Hauts-de-France. Il décroche et entend Karen renifler depuis Roubaix, la voix chevrotante des jours misérables. Elle lui dit que ce n'est rien de grave mais sérieux quand même, qu'il ne faut pas s'inquiéter, mais bon il y a urgence.

– Qu'est-ce qui se passe ?

– C'est maman, elle est encore tombée. Les voisins l'ont retrouvée par terre devant le cagibi.

– Rien de cassé ?

– Non, mais la pauvre, elle était toute sale. Je crois qu'elle ne se lave plus.

– Quoi ?

– Maman pue ! lâche-t-elle entre deux sanglots.

Quand une mère ne prend plus soin d'elle, c'est le point de non-retour, le renoncement, une lente dégradation vers la mort. Karen explique le problème sans proposer de solution. Eddy lui rappelle combien Roubaix est loin de Dax, il ne peut pas tout gérer à distance. La saison des curistes bat son plein par-dessus le marché, il a trop de caniches sur les bras. C'est un vrai défilé de compagnons à quatre pattes en ce moment. Vu le contexte, il serait judicieux qu'elle et ses frères se remontent les manches pour engager une aide à domicile.

– Faudrait que tu m'envoies des sous, dit-elle.

Voilà, on y est. Les coups de téléphone de Karen ont toujours le même but : faire passer Eddy pour un bienfaiteur capitaliste ou un parrain de la mafia. C'est le seul de la famille qui a réussi sa vie, il est entrepreneur, il a son propre commerce et les moyens de s'acheter un home cinéma. Sa sœur et ses frères vivotent entre les indemnités d'accident du travail et les allocations familiales. Les nuages passent lentement au-dessus de chez eux, la bière anesthésie le reste. Les grands frères ont l'orgueil des aînés et lui foutent la paix, seule Karen ne le lâche pas. Il se donne bonne conscience en promettant de lui adresser un virement :

– Maintenant arrête de pleurer et contacte le centre social. Je peux pas tout faire, bouge-toi l'cul !

– Pour toi, les caniches, c'est plus important que maman ?

– Les caniches paient mes factures et me permettent de t'envoyer un chèque.

Il y a dix ans, Eddy a réussi sa reconversion avec les félicitations du jury. Son expérience de coiffeur valorisait son CV et une formation de huit mois lui avait appris les particularités des races, les différents composants chimiques des cosmétiques, les techniques de coupe. Le grand changement s'opéra lorsqu'il trouva un fonds de commerce dans les petites annonces, beau et spacieux, à l'autre bout de la France, là où le soleil se couche dans l'océan. Dax est le lieu parfait : ville thermale, vingt mille habitants sans compter les curistes, on y mange du magret de canard et des pommes de terre sautées, les gens y sont moins stressés qu'ailleurs et particulièrement avinés en été. Il chargea ses affaires dans une camionnette, quitta sa mère, ses frères, sa sœur, et le vent glacial qui s'engouffre sur la grand-place. Adieu le Nord ! Bonjour les Landes !

– Maman, elle aimerait bien que tu viennes la voir plus souvent, ajoute Karen.

Eddy ne répond pas. Leur mère est le sujet sensible. Elle l'a accusé d'abandon le jour où il a quitté Roubaix, se plaignant d'être une pauvre femme qui n'avait que ses enfants pour sourire à la vie. Il fallait être un bel égoïste pour s'exiler dans le Sud-Ouest. « T'es comme ton père ! » lui gueulait-elle. Eddy est le fils d'une femme qui parle très fort et l'a toujours traité comme un intrus. Lui, c'était l'enfant de trop, né par accident, et qui a déçu sa mère dès le départ. Elle aurait voulu une fille pour changer, donc il était mal tombé. Après le fils aîné issu de la nuit de noces, et le cadet qui faillit s'étrangler avec le cordon ombilical, Eddy arriva sans être désiré. Un gros bébé chevelu qui lui avait causé une déchirure périnéale. Elle avait souffert le martyre à l'accouchement et refusé qu'on le lui pose sur le sein. « Encore un garçon ! » La faute aux chromosomes, ou alors elle avait mangé trop de viande avant d'aller au lit. Et le père d'Eddy, que faisait-il pendant ce temps ? Il n'était pas à la maternité, trop occupé à rouler dans son camion et à coucher avec des prostituées sur des aires d'autoroute. La mère d'Eddy répétait que les hommes étaient tous les mêmes : « Des ordures ! Des cochons ! Des enfoirés ! »

Un jour, son mari attrapa la chaude-pisse et elle dit : « Bien fait pour ta gueule ! » Un autre jour, il tomba inanimé sur le parking d'un Buffalo Grill et elle pensa : « Bon débarras ! » Elle avait ce visage de marbre, creusé et blafard, sans maquillage ni artifice, sévère du matin au soir. À peine le corps incinéré, elle s'assura de toucher son allocation de veuvage. Et la vie reprit son cours avec un taux de chômage galopant, des terrains en friche, des chiens errants.

– Tu sais, maman, elle en a peut-être plus pour très longtemps...

Karen fait du chantage affectif, Eddy ne réagit pas. Il n'a pas oublié l'enfance, l'école, ses problèmes pour lire et écrire. On détecta une dyslexie, mais sa mère n'avait pas le temps de s'appesantir sur le problème : « L'orthophoniste, ça coûte cher ! Il est bon à rien ! Qu'est-ce qu'on va en faire ? » Elle racontait aux voisins qu'elle avait quatre enfants dont un débile. Il ne ferait jamais de grandes études alors autant l'envoyer en BEP, et s'il en sortait avec un métier, ça ferait une bouche en moins à nourrir. On lui donna le choix entre la chaudronnerie et la coiffure. Il opta pour la seconde voie : le look, les paillettes, le Festival de Cannes. Sa mère ne croyait que ce qu'elle voyait, et Roubaix était loin de la Côte d'Azur. Elle ne le félicita pas lorsqu'il décrocha son diplôme et entra dans la vie active. Elle lui demanda juste le versement d'une pension le temps qu'il déménage dans son propre studio. Et le jour où ses histoires de fesses l'obligèrent à changer de métier, elle se tapa la paume de la main sur le front : « Qu'est-ce que j'ai mis au monde ? Un queutard ! T'es bien comme ton père ! » Eddy fut heureux de lui annoncer son départ. Une nouvelle vie l'attendait là où les chemins de terre se faufilent entre les pins. Sa mère haussa les épaules sans chercher à le retenir. « Pars ! Va faire la nouba avec tes poules de luxe ! »

– Quand est-ce que tu viendras nous voir ? demande Karen.

– Je sais pas… peut-être à la Toussaint.

La fête des Morts, c'est le meilleur moment de l'année, la période creuse. Les caniches montrent moins le bout de leur museau, les mamies s'intéressent davantage aux couronnes funéraires. Eddy aura quelques jours pour rendre visite à sa famille. En attendant, il espère que ses frères vont bien, dans le sens où aucun n'est atteint d'une maladie incurable l'obligeant à passer un coup de fil d'adieu. Sa sœur le retient encore pour parler d'un Intermarché qui se monte devant le grand rond-point, juste en face de chez elle. Eddy met fin à la conversation :

– Excuse-moi, Karen, mais je dois surveiller la friteuse.

– T'oublies pas de m'envoyer des sous ?

La friteuse n'est pas encore branchée mais elle sert d'alibi. Combien de friteuses ont sauvé des gens en coupant court à des discussions toxiques ? Combien ont évité des conflits interminables, des guerres, des putschs ? Eddy répète à sa sœur d'arrêter de chialer et de prendre soin de leur mère. Puis il raccroche sans regret.

Il termine le verre de vin rouge, fait tourner la boisson dans sa bouche avec la langue, savoure le goût de baies épicées. Sa mère envahit ses pensées. Sa mère allongée devant le cagibi en train de gratter le sol. Sa mère mangeant des pissenlits par la racine. Cette nuit, il espère s'endormir sans entendre des hurlements de chiots. Ce son terrifiant revient souvent le hanter. Des couinements stridents lui ont déchiré le ventre durant toute son adolescence. Un jour férié, il avait surpris sa mère derrière la maison, en train d'étrangler à main nue la portée d'une chienne qu'il avait récupérée. Elle rouspétait chaque fois qu'il ramenait des chiens errants à la maison. Eddy se souvient du glapissement aigu, de l'agonie, de la cruauté. Il avait quinze ans.

Chapitre 8

Le matin, Chloé est souvent la première levée. Elle savoure cet instant, qui lui donne l'impression de vivre seule dans la maison. La campagne invite à la nonchalance et à l'émerveillement. Elle se passe de l'eau sur le visage, enfile une robe légère et part s'acheter des croissants.

Devant la boulangerie, elle aperçoit Dédé, le vieux du village fidèle au poste, assis sur un banc en pierre moussue, les deux mains posées sur un bâton en bois rustique, ne bougeant pas pendant des journées entières.

– Oh la *petiote* !

Elle sourit quand elle entend l'accent du Sud-Ouest. Ça rappelle les vacances, les Landes, l'enfance. Dédé l'a connue alors qu'elle était bébé. C'est lui qui installait des bouteilles de gaz à la maison. Lui qui emmenait son père à la chasse en automne. Lui qui le retenait pour boire du vin des coteaux de Chalosse.

– *Qué cagnard* le matin !

– Enlève ton béret, Dédé, t'auras moins chaud.

Elle s'assoit quelques minutes à côté de lui, et comme un effet miroir, elle pose ses deux mains sur sa canne. Ils passent le temps à discuter de la météo, de la famille, et du gaz. Parce que Dédé n'a jamais oublié son métier et s'en préoccupe encore. Si la *petiote* a besoin d'une bouteille, il lui envoie ses gars la livrer. Dédé veut que tout le monde ait le gaz à tous les étages, surtout les gens qu'il aime. Chloé est comme sa petite-fille, celle qu'il a vue grandir, le trésor de son père, le Parisien, comme on l'appelait ici.

– Ah Jean-Paul…

Parfois il évoque le prénom de son ami sans en dire davantage. Et le temps s'étire sur ce banc en pierre moussue. Le silence est d'or pour lui rendre hommage. Chloé inspire l'air tiède de la campagne, la poussière d'argile et les fleurs des champs, puis elle embrasse le vieux sur sa joue creuse. Il plisse des yeux comme s'il allait s'endormir, mais reste en éveil pour le prochain passant.

– Et ta mère, comment elle va ?

Chloé ne répond pas. Le sac à main en bandoulière et la canne en avant, elle entre dans la boulangerie, laissant Dédé parler tout seul sur le banc :

– Ah Maryse…

De retour à la maison, Chloé pose les viennoiseries sur la table de la cuisine. À travers la fenêtre, elle observe sa mère en train de faire sa gym dans le jardin. Maryse a revêtu un justaucorps rose et enchaîne une série d'abdos fessiers. À quatre pattes, elle muscle activement sa fesse droite en soulevant la jambe sur le côté. Chloé trouve qu'elle ressemble à une chienne qui pisse. Chaque matin, elle est spectatrice de son défoulement et de sa motivation à garder un corps tonique pour son nouvel amant.

Sa mère lui a ramené des hommes de tous bords, mais un toiletteur canin, c'est une grande première.

Elle l'a toujours vue parader en justaucorps, sautiller sur une musique entraînante devant la télé : « Toutoutouyoutou, Toutoutouyoutou… », sous le regard médusé de ses copines venues dormir à la maison :

– Waouh ! Elle est super belle, ta mère !

Chloé en aurait préféré une moins ravissante, une moins svelte, une moins parfumée, mais qui n'oublie pas de venir la chercher à l'école. Elle a attendu l'amour d'une maman sous les préaux. Assise sur une chaise, elle balançait ses jambes dans le vide, pendant que sa mère sculptait ses épaules, sa taille et ses cuisses. Elle n'allait pas sacrifier son corps pour sa fille. Maryse accourait au dernier moment, en justaucorps rose, vert ou jaune, sous un long manteau en tweed. Déguisée en perruche, elle ne s'excusait même pas de son retard auprès des dames de service. Chloé ne supportait plus de voir sa mère en tenue d'aérobic. Le justaucorps était l'allégorie de l'abandon. Et ce générique lui cassait les oreilles : « Toutoutouyoutou, Toutoutouyoutou… »

Maryse décolle ses genoux du sol en prenant appui sur ses pointes de pied. Chienne tête en bas. Chloé n'a pas le souvenir de la chaleur des bras de sa mère quand elle était enfant. Elle n'a pas connu le dialogue privilégié, intime et secret, sur l'apparition des règles, ce moment empli d'émotion où la mère prend les mains de sa fille en déclarant : « Tu es une femme maintenant. » Elles n'ont jamais discuté pendant des heures sur un canapé, jamais ri bêtement en tournant les pages d'un album de photos, jamais échangé la meilleure technique pour monter les blancs en neige. La complicité ne les a pas étouffées.

Chloé mange un croissant tout en suivant les mouvements de sa mère. Loin d'être naïve, elle sait qu'elle est tombée enceinte de justesse, juste avant la quarantaine, parce que son père se tournait vers des femmes à la fraîcheur exaspérante. Une Miss météo en robe à dos nu, peut-être pire. Un bébé, c'était l'idéal pour retenir son mari et le ferrer juridiquement. Ils étaient mariés sous le régime de la communauté de biens, un divorce lui aurait coûté une blinde. Chloé fit le bonheur de son père, tandis que sa mère se désintéressa d'elle pour retrouver son indépendance, ses mondanités et ses cours d'aérobic. On en revient toujours au justaucorps rose qui scintille au soleil. Chloé trouve cette couleur criarde.

En appui sur le coude et le genou, jambe tendue, Maryse effectue de petits battements de haut en bas. Elle déploie son agilité tandis que sa fille n'a plus toute sa motricité.

– Moi, j'étais promise à une carrière de ballerine, marmonne-t-elle à la fenêtre.

Elle repense à l'accident, à cette nuit d'horreur sur une route des Landes. L'haleine alcoolisée de sa mère, chaude et âcre, lui piquait le nez. Elles rentraient d'un dîner chez des amis, la voiture lancée à vive allure dans les virages. Son père avait prétexté un rendez-vous professionnel à Paris, mais sa mère n'était pas dupe. Encore une fois, il couchait avec la nouvelle recrue du Télé-achat.

Chloé entend encore les insanités que sa mère vociférait au volant. Les mots « pute » et « connasse » rebondissaient contre le pare-brise. Plus le chagrin prenait de place dans sa poitrine, plus elle appuyait sur l'accélérateur.

– Maman ! Ralentis ! C'est dangereux !

Maryse n'écoutait rien. La rancœur et la rage se mêlaient dans un brouhaha assourdissant. La voiture avait dérapé et s'était plantée dans un fossé. Chloé avait treize ans, une silhouette de petit rat de l'Opéra, des étoiles plein les yeux. Son corps fut écrasé dans la carcasse de métal. Elle était à la place du mort, mais le ciel pouvait attendre. À son réveil à l'hôpital, elle comprit devant la mine déconfite des infirmières que sa carrière de danseuse était anéantie. Figée sous le drap, elle restait inerte sans exprimer d'émotions, comme si toute la mécanique était hors service. Dans le lac de son esprit, elle dansait au ralenti la mort du cygne.

Et sa mère ? On la retrouva en état de choc, emmitouflée dans son grand manteau de fourrure, poussant des cris de bête apeurée, les yeux hagards, comme suspendue dans le vide.

Et son père, que faisait-il pendant ce temps ? Il sniffait de la coke et culbutait la nouvelle recrue du Télé-achat.

Chloé pose la main sur sa hanche. Sa peau recouvre du polyéthylène et du titane, des matériaux durs pour réparer les poupées cassées. Comme tous les enfants, Chloé pardonnait les maladresses de sa mère. L'accident de voiture avait changé la donne. Chaque fois qu'elle l'aperçoit, même de dos, elle voit sa tortionnaire, celle qui a failli la tuer.

À travers la fenêtre, elle la dévisage allongée sur le dos, jambes fléchies, en train de décoller le bassin et de serrer les fesses.

– Vieille salope, dit-elle tout bas.

Chapitre 9

Cet après-midi, le salon de toilettage est exceptionnellement fermé. Eddy assiste à un mariage. La chaleur est tenace, son pantalon beige lui colle aux cuisses, il le vit mal. Au vin d'honneur, ses copains du CrossFit lui demandent pourquoi il n'a pas de chien, lui qui les aime tant. Ils imaginent leur pote courir sur une plage d'Hossegor avec un berger allemand et lui lancer une balle en mousse dans l'océan. L'autre question qui taraude tout le monde est pourquoi il vit seul. Un travailleur à son compte, qui pousse de la fonte, aurait eu maintes occasions de s'installer avec une femme de la région. Eddy préfère en rire. Il n'a pas envie de se justifier. Il apprécie particulièrement qu'on lui foute la paix. Ce besoin de solitude ne date pas d'hier, on ne change pas un homme. Il ne débite pas non plus son chapelet d'aventures, les copains du CrossFit ne comprendraient pas. Leur vision de la sexualité en serait bouleversée. Dès lors qu'un homme couche avec une femme plus âgée, on inverse les clichés, on glisse vers un monde absurde et risible, on va à l'encontre de la loi du désir et sa quête de chair fraîche. Certains mâles ont du mal à tout remettre en question. Les sportifs soulèvent des haltères, tractent des pneus, complimentent leurs pectoraux sous la douche, et s'invitent à leurs mariages respectifs. Eddy est le dernier célibataire du groupe, pourtant il n'échangerait sa vie pour rien au monde. Il est juste convié au vin d'honneur, histoire de voir les tourtereaux sourire comme des benêts, leur offrir un vase en forme de canard et filer avant de danser la chenille avec le reste de la famille. D'ailleurs, puisqu'il y pense, où est la belle-mère du marié ? Elle a peut-être de sacrés atouts.

En tournant la tête de part et d'autre pour voir à quoi elle ressemble, Eddy aperçoit l'ancienne speakerine parmi les invités. De loin, elle lève son verre à leur nouvelle rencontre. Il est surpris de retrouver Maryse dans ce cadre familial et privé. Trois fois en une semaine, ce n'est pas le fruit du hasard. Tirée à quatre épingles dans une tunique bleu ciel, les paupières toujours fardées, elle le toise comme s'il était le seul homme de la fête. Il n'ose pas demander à un pote si lui aussi voit cette femme théâtrale et distinguée le défier du regard. C'est peut-être la belle-mère en question, ou une marraine, ou une tante éloignée qui aurait fait carrière à la télé. Il s'approche d'elle en remontant les manches de sa chemise, le clin d'œil canaille. Ses yeux noirs inquisiteurs capturent la bourgeoise intrépide :

– Si j'étais parano, je dirais que vous me suivez.

– Soyez rassuré, c'est une pure coïncidence.

– Dommage…

– Ma fille joue aussi de l'accordéon dans les mariages.

Sur l'estrade, un orchestre enchaîne des musiques populaires. La sélection donne envie de taper des mains ou de se cogner la tête contre les murs, c'est selon. La fille de Maryse est en place, toujours assise avec l'instrument sur une cuisse. Ses cheveux blonds attachés en chignon lui donnent un air de princesse autrichienne inaccessible. On ne saurait ni deviner ses pensées ni comment l'aborder. Un teint de porcelaine et une longue veste bleu marine accentuent sa froideur. Comparée à la mère, elle n'exprime aucune fantaisie.

– Et à part la musicienne, vous avez d'autres enfants ?

– Non… J'ai assez de tracas avec celle-là.

Eddy s'interroge sur un éventuel mari qui pourrait rôder autour, mais Maryse le rassure : elle est veuve. Avec sa fille, elle vit entre Paris et les Landes, une région que son mari affectionnait tellement qu'il avait acheté une vieille bâtisse à Soustons. Mitterrand y vivait déjà, il devait donc forcément s'y installer à son tour.

– Ah ! Il était politicien ?

– Non, producteur de télé. J'étais sa femme, son assistante, sa putain.

Elle prononce le mot « putain » d'un ton naturel déconcertant. La provocation est assumée. Maryse traque chez Eddy le moindre signe d'excitation. À lui de réagir et de l'emmener loin d'ici, sur une plage landaise, pour faire l'amour sauvagement dans les dunes.

Il la trouve fascinante, alliant élégance et vulgarité. La lueur de son regard trahit la demoiselle qu'elle a été : fougueuse, indomptable, aimant l'odeur des selles en cuir de moto et le bruit de l'engin. Sans plus tergiverser, Maryse lui demande :

– Et vous, c'est combien ?

– J'vous demande pardon ?

– Vous m'avez très bien comprise.

Eddy éclate de rire en dénouant le nœud de sa cravate. L'ancienne speakerine est franche du collier. Alors, combien est-elle prête à miser ? Il aime remettre sa cote en question, comme une Alfa Romeo à l'Argus. La carrosserie est en place, la suspension tient la route, et personne ne se plaint des trains avant et arrière. Maryse le dévore des yeux. Pas besoin de long discours. La maison à Soustons doit disposer d'une grande chambre, avec des miroirs au plafond et des draps en satin couleur lavande. Il passerait du bon temps sur sa parure de lit, complètement nu, à manger des cerises à l'eau-de-vie.

– Ce n'est pas une question de prix, dit-il, mais de disponibilité.

Eddy ne se montre pas trop accessible au départ, histoire d'enflammer le désir et de polir sa réputation. Elle fait la moue tellement sa réponse est arrogante. Les autres mémères passeront leur tour, on ne laisse pas Maryse Delmar dans un coin. L'espoir est un aveu d'échec. Elle a déjà eu affaire à des mecs comme lui, alors il ne va pas la baratiner longtemps.

– L'autre jour, à la Musardière, il y avait bien une relation de service entre vous et la vieille en rose ?

– C'était un business de danseur, pas de travailleur du sexe.

Maryse insiste encore :

– Et sinon, c'est combien ?

– J'parie que vous êtes dure en affaires.

– Combien ?

– Vous me donnerez ce que vous avez envie de m'offrir.

À l'instant, Eddy croise les yeux de l'accordéoniste qui le fusille du regard depuis l'estrade. Elle le méprise alors qu'il n'a pas encore touché sa mère, même pas une bise amicale. Le dos droit sur la chaise, elle semble souveraine mais tourmentée. Si Eddy veut profiter de la maison de campagne et se promener à poil dans le jardin, il faudra au préalable se débarrasser de la fille. Maryse lui recommande de ne pas y prêter attention. Elle se lasse de l'accompagner dans les mariages et les bals musettes, mais elle cède par pitié :

– La pauvre, elle est handicapée.

– Ah ouais, c'est moche... enfin j'veux dire, c'est triste.

– C'est mon rôle de mère de l'aider à assouvir ses ambitions artistiques.

– Et elle s'en sort ?

– Entre nous, ce n'est pas demain la veille que ma fille deviendra disque d'or.

Les yeux rivés vers l'orchestre, elle avale le vin d'une traite. Eddy se demande s'il n'y a pas de l'orage dans l'air. En termes de connivence, il a connu de meilleures relations entre ses clientes et leurs chiens. Maryse souhaite parler d'autre chose :

– On serait mieux déshabillés, à l'ombre d'un figuier, non ?

– Décidément, madame est gourmande !

– La vie sans sexe est triste comme une coupe de Prosecco sans bulles.

Elle a besoin que cet homme mette la pagaille dans ses cheveux et l'embrasse dans le cou, qu'il la prenne par-devant et par-derrière, au-dessus ou en dessous. Peu importe si le cœur lâche en plein orgasme. Il n'y a rien de pire que d'entamer la dernière partie de son existence sans une caresse. Eddy lui donnerait la sensation de rester vivante. Elle s'est improvisée détective privée pour tout connaître de lui, de son signe astrologique à la couleur de son slip. Elle sait qu'il est célibataire, toiletteur canin et taxi-boy dans les thés dansants.

– Vous êtes bien renseignée.

– Ça balance pas mal à Dax.

– J'vois ça !

– Alors, c'est combien ?

Il sourit en secouant la tête, affichant ses deux fossettes. Non, il ne donnera pas de prix. Maryse ne lâche pas la proie. L'argent n'est pas un problème, elle voudrait juste qu'il se montre coopérant. Elle a de grands projets pour eux, incluant un bungalow aux Seychelles, du homard grillé aux épices fines, des bains de minuit rafraîchissants. Il aurait tort d'être aussi dédaigneux. Eddy relève un sourcil, la curiosité piquée au vif :

– Vous êtes toujours aussi généreuse avec les hommes ?

– Seulement les plus méritants.

– Vous pouvez toujours m'apporter votre chien au salon de toilettage et on négociera le tarif.

– C'est dommage, je n'ai pas de chien.

– Alors tant pis !

Eddy la salue d'une main, quitte à passer pour un mufle, puis il rejoint ses copains devant la table des petits-fours. Sa technique est imparable : mettre l'ancienne speakerine à distance pour la voir ramper. Si elle est tenace, elle reviendra à la charge. Ça l'excite. Maryse serre tellement fort son verre qu'elle manque de le briser. Elle en a connu des hauts fonctionnaires dans les clubs libertins, ce n'est pas ce toiletteur canin qui va lui résister. Elle en a maté de plus coriaces. Celui qui croit mener le jeu ne doit pas sous-estimer la force de son adversaire. Elle pose le verre, croise les bras, préfère observer sa fille que d'être aux aguets de ce *toy boy* de province.

Chloé est vraiment ingrate, pense-t-elle. Malgré le chignon et le blazer haute couture, elle manque de prestance. Si au moins elle souriait, ça l'arrangerait. Pourtant, elle était jolie quand elle était petite, avec ses boucles dorées, ses moufles tricotées, ses premières dents de lait. C'est après la puberté que tout a dégénéré, et son handicap n'a rien arrangé. À force de jouer de l'accordéon, elle va finir les épaules tassées. Et puis ce chignon, c'est une très mauvaise idée, ça fait mémère.

Les musiques populaires lui donnent mal au crâne. Maryse a besoin de boire pour oublier.

Chapitre 10

Quand elle ferme les yeux, Maryse revoit les caméras des plateaux de télévision, le prompteur qui reste bloqué par intermittence, les projecteurs qui lui chauffent le crâne et lui répètent : « Ne vous a-t-on jamais dit que vous étiez belle ? »

C'était l'époque des bustiers avec épaulettes qui soulignaient sa taille de guêpe, des strass et des paillettes pour être vue même dans le noir, des colliers en or démesurément longs. La frime régnait en maître, elle soufflait un vent d'audace et de fantaisie.

Quand elle rouvre les yeux, Maryse ne voit aucun éclairage éblouissant, juste une couche de peinture qui cloque au plafond. Pour le bling-bling, on attendra. Elle trompe son ennui en maillot de bain, allongée sur une table en bois, pendant qu'une employée des thermes lui applique de la boue sur le corps. Chaque été, elle suit une cure à Dax dans un établissement spécialisé en rhumatologie. Les échanges minéraux entre l'argile et la peau la soulagent, bien qu'elle n'aime pas être tripotée par une femme. Elle aurait préféré son collègue, ce grand métis repéré le jour de son arrivée. Il exhalait un parfum de vétiver boisé. Elle rêvait de ses mains hasardeuses sur son corps. Par ailleurs, l'employée des thermes n'arrête pas de lui parler de la pluie et du beau temps, de la pollution à Paris, du nombre de marches pour monter en haut de la tour Eiffel. Elle parle pour ne rien dire, alors si elle pouvait arrêter de jacasser, ce serait bénéfique et reposant. On lui a prescrit une cure afin de maintenir sa forme, pas pour s'épuiser à discuter avec le personnel de l'établissement. Elle veut ressortir d'ici en faisant la roue, même si elle porte une robe en coton léger et qu'elle risque de montrer sa culotte. Elle se sentirait une jeune femme bohème.

Après un temps de pause de vingt minutes, l'employée des thermes lui retire la boue au jet de douche. Maryse aime sentir la pression de l'eau claquer son ventre, ses cuisses, ses fesses, comme si elle était chahutée par les vagues de l'océan Indien. Ce flot revigorant lui rappelle ses premières vacances aux Seychelles. Elle était nue à la barre du voilier de Jean-Paul, une casquette de marin sur la tête, le visage tourné vers son prénom MARYSE inscrit en grand sur la voile. Sous la douche de l'établissement thermal, elle écarte les bras en croix et s'écrie : « Oh oui ! Encore ! »

Le jet de douche à la main, l'employée trouve la mère Delmar hypersensible ou complètement azimutée. Elle continue de l'asperger.

À peine séchée, Maryse revêt un peignoir blanc, enturbanne ses cheveux dans une serviette et rejoint la salle de repos où des retraitées ronflent sur leur transat. Elle ne se sent aucune affinité avec ces rombières qui ont des prothèses auditives, des remontées gastriques ou des gonflements articulaires. Ces curistes lui renvoient une image de déclin et d'abandon, elles lui foutent le bourdon. Maryse est sexuellement active, passionnée, et n'a pas envie d'entendre parler de rubrique nécrologique dans le journal, comme ces vieux qui la lisent au quotidien pour se familiariser avec le moment fatidique. Elle s'installe à l'autre bout de la salle, près de deux femmes assez pimpantes, moins séniles que les autres, qui chuchotent avec le sourire en tranche d'orange. Elle se délasse en les écoutant d'une oreille, puis des deux lorsqu'elles évoquent le toiletteur canin du centre-ville :

– Toi aussi, t'es montée au premier étage ?

– Et même plutôt deux fois qu'une !

Elles ne tarissent pas d'éloges concernant son savoir-faire sur les chiens en général et sur elles en particulier. Leur bonheur résonne sur le carrelage. Maryse serre les cuisses, remonte le col de son peignoir et tend l'oreille pour mieux profiter de leurs confessions intimes. Eddy par-ci, Eddy par-là, Eddy comme un sex-toy. Elles l'ont testé puis remis sur le marché, avant de revenir vers lui à l'occasion. Maryse les trouve fringantes mais loin d'être Ursula Andress. Elle est convaincue qu'à côté de ces deux pétasses elle a toutes ses chances. Eddy aurait dû s'en rendre compte. Quel est son secret pour les mettre dans cet état ? Il a dû les droguer ou peut-être n'ont-elles pas vu le loup depuis longtemps ?

Ses voisines de transat en rajoutent une couche :

– Ce mec est un dieu du sexe !

– Une bombe !

Maryse bouillonne, les yeux rivés au plafond. Ça fait mal d'être celle qui n'a pas accès au verger fleuri, à qui la pomme reste interdite. Elle pourrait se relever, exiger le silence, et leur claquer le beignet en partant. Rusée jusqu'au bout des ongles, elle préfère s'en faire des alliées. Dans cet espace chaud et humide, il y a des informations à glaner :

– Veuillez m'excuser, mesdames, mais ce toiletteur canin dont vous parlez, il est gratuit ?

Les deux curistes restent coites, toutefois elles lui accordent un sourire complaisant réservé aux gens de la communauté. Voilà une nouvelle poulette à la recherche de la rôtisserie. Entre touristes, elles ne sont pas jalouses et se le prêtent volontiers, car il est inutile de s'approprier le bel Eddy, il n'appartient à personne. Clin d'œil amical pour garantir la complicité. Maryse est tout ouïe. Ce qu'il faut savoir avant tout, c'est la phrase clé qui ouvre la porte à toutes les possibilités. On ne déballe pas sa vie sexuelle dans un salon de toilettage. Un peu de décence. On reste discrètes et distinguées.

Alors quel est-il, ce mot de passe ?

Deux heures plus tard, Maryse se trémousse dans la piscine au milieu des grand-mères en bonnet de bain. Ici, on gigote, on rétropédale, on se fortifie. Elle ne prête pas attention à la prof d'aquagym qui balaye l'air avec sa queue de cheval. À la place, elle imagine Eddy en short de bain, les cuisses fléchies, lui montrant des mouvements de bassin d'avant en arrière. Eddy va électriser sa colonne vertébrale. Eddy va lui administrer une cure de jouvence. On ne dit pas non à Maryse Delmar. Elle ne manque pas de standing, elle a connu les soirées d'Eddy Barclay.

Autour de la piscine, la prof d'aquagym se met à gueuler :

– Allez ! On monte les genoux ! Et on résiste !

Après la séance de sport, elle étire la peau de son cou, cette chair traîtresse qui ne ment pas sur l'âge. Il faudrait retendre l'ensemble avec des fils résorbables, de la couture invisible et fiable comme un maillage. Maryse craint le jour où tout va basculer et la transformer en momie. Le jour où on se lèvera pour lui laisser une place dans le bus. Le jour où elle sera définitivement considérée comme vieille.

Sous la douche, elle savonne sa poitrine, moins ferme qu'avant mais agréable à caresser. Elle a souffert d'être plate et complexée lors de ses débuts de speakerine à la télé. La caméra est un œil redoutable qu'il fallait affronter. Jean-Paul l'avait rassurée : il aimait ses petits seins, blancs comme de la mie pétrie. Pas la peine de les rafistoler. Elle était sa femme, la future mère de sa fille, elle voulait rester sa putain. Aujourd'hui, les seins de Maryse vont troubler ce toiletteur canin. Elle connaît les hommes. Elle sait qu'ils désirent sa féminité, sa sensualité, ses bras ouverts prêts à les accueillir. Elle veut Eddy et elle va le chercher. Le médium lui a parlé d'un bel et sombre inconnu, faussement timide, qui la comblera d'orgasmes. Elle est certaine qu'il s'agit de ce moustachu. Elle ne veut pas lui passer la bague au doigt, juste entretenir une liaison torride.

Pourvu qu'il ne devine pas son âge.

Chapitre 11

Eddy n'est pas de bois, surtout quand une sexagénaire soutient bien ce qu'elle avance. Les bustiers, les décolletés, les blouses en dentelle, il adore. Cependant il n'accepte pas les propositions de toutes ses clientes. Il s'autorise à en refuser certaines, quitte à les voir tourner les talons et à perdre des honoraires de toilettage. Il ne propose pas une obligation de résultat mais d'amabilité. Et quand c'est non, c'est non.

Aussi, lorsque madame Schmitt entre dans le salon, telle une bourrasque des Vosges, tenant en laisse un vieux schnauzer ébouriffé, Eddy ne réalise pas l'ampleur du drame. Il voit son stagiaire tourner de l'œil au-dessus du bac à douche. Le chien sent très mauvais mais lui ne s'en rend pas compte. Après des années passées dans les salons de coiffure, à appliquer des teintures capillaires, à respirer des jets de laque, il a fini par perdre l'odorat. Les troubles olfactifs sont les risques du métier, on le lui avait expliqué en BEP : on se sacrifie pour l'amour de l'art. Désormais, ce qui est un handicap dans un jardin botanique ne l'est pas dans un salon de toilettage. L'odeur pestilentielle de certains chiens ne l'atteint pas. Il se penche sur la touffe de poils, relève les sourcils broussailleux, traque les tiques et les verrues, puis il envisage un triple shampoing à base de romarin. Madame Schmitt se montre conciliante et gonflée d'assurance, elle précise haut et fort :

– Je veux qu'il soit merveilleux de la truffe à la queue.

Dans l'absolu, Eddy préfère que l'on dise « j'aimerais » et pas « je veux ». Les clientes peuvent comprendre qu'il garde son libre arbitre. Ensuite, il n'a rien contre les sexagénaires d'Alsace-Lorraine, excepté celles avec les cheveux violets coupés en brosse et une queue de rat tombant dans la nuque. Il ne ressent aucune excitation particulière. La séduction ne s'explique pas, ça vient ou pas. Et là, Madame Schmitt ne marque pas de points. Et puis elle a le menton en galoche, un faux air de gardienne de prison, ça n'aide pas, et des ongles noircis par du beurre rance ou une terre fraîchement labourée. Non mais qu'est-ce qu'elle croit, madame Schmitt ? Il ne suffit pas de mettre un jeton pour que la machine s'emballe. Eddy a besoin d'un minimum d'éléments érotiques, d'un échauffement des sens. Il réagit au coup de cœur et, en présence de la Vosgienne, le charme n'opère pas. Elle attend une réponse, elle va être déçue. L'idée de peloter madame Schmitt lui fait autant d'effet qu'une opération des amygdales. Sans prendre de pincettes, il lui dit froidement :

– Non !

– Comment ça, non ?

– Vu l'état actuel de votre chien, je ne suis pas en mesure de le rendre merveilleux.

– Mais on m'a dit…

– Faut pas croire tout ce qu'on raconte.

Eddy lui coupe la parole, avant qu'elle ne déballe son business devant le stagiaire. Il se montre chevaleresque dans les thés dansants, mais il y a des jours où il ne faut pas trop lui en demander. Madame Schmitt réclame un effort impossible, donc il la remercie de ne pas insister. Elle hausse les épaules, trouvant ce toiletteur canin un peu bégueule.

Derrière la table de toilettage, Florian apprend beaucoup de son patron, du soin des animaux jusqu'à l'aspect commercial du métier. Il est plutôt étonné de son refus catégorique. Malgré l'odeur abjecte du chien, le jeune homme se positionne en futur professionnel et propose de s'en occuper. C'est son challenge du jour. Eddy le félicite de sa prise d'initiative et lui confie le schnauzer, ainsi que toute interaction avec la cliente. Un couinement retentit lorsque madame Schmitt tire sur la laisse d'un coup sec. On lui a menti sur les services proposés ici. Elle va en reparler avec les dames de la cure thermale qui ont pourtant été explicites : « Va voir le toiletteur, il a le sang chaud. » C'est un canular, de l'esbroufe, du grand n'importe quoi. Eddy reste insensible à la déception de la Vosgienne. Stupéfaite et contrariée, elle toise Florian de la tête aux pieds et s'insurge :

– Vous me prenez pour une conne ? Je suis venue pour vous, pas pour le gringalet !

– Écoutez, madame Schmitt, j'crois qu'on va s'arrêter là...

Elle bougonne, regrettant son déplacement, ajoute que la réputation de ce toiletteur est infondée, il n'en vaut pas la peine. Dès demain, entre deux hydromassages, elle rétablira la vérité. Et avec son menton en galoche, elle aboie :

– Croyez-moi, ça va faire du bruit !

Eddy lui ouvre la porte, l'invite à aller râler ailleurs, et constate au passage que son schnauzer se frotte l'arrière-train sur le carrelage.

– Regardez votre chien, il a les glandes anales enflammées.

– Occupez-vous de vot'cul !

Madame Schmitt repart en gueulant sur le trottoir. On l'entend si fort que des commerçants passent la tête pour savoir s'il agit d'un braquage à main armée. Quelques passants s'arrêtent et se demandent d'où vient cette femme aux cheveux violets coupés en brosse. Une parachutiste ou une marchande d'oiseaux ?

Il arrive que les toiletteurs canins soient agressés verbalement quand ils ratent un caniche, quand les clientes exigent une coupe cupcake et que le rendu rappelle plutôt une coupe country. Dans le cas présent, le contexte est différent. Eddy comprend ce déchaînement envers sa personne, car la Vosgienne vient de loin et s'attend à un séjour ensoleillé dont il aurait été le point culminant. Il referme la porte du salon et encourage Florian à rester concentré :

– Allez hop, au boulot ! On a un yorkshire sur la table.

Le reste de la journée se termine sans autre altercation. Avant la fermeture du salon, Florian passe le balai pendant qu'Eddy vérifie la caisse. Juillet est un excellent mois pour son chiffre d'affaires. S'il n'arrive plus à respirer l'odeur des billets, il apprécie leur contact entre ses doigts, le poids de la liasse. Le frottement du pognon déclenche une palpitation de sa paupière droite d'une exceptionnelle intensité. Au moment où il va agrafer les tickets de caisse, une cliente passe la porte en lançant un grand bonsoir. Eddy se fige derrière le comptoir, bouche bée. Maryse est de retour. L'ancienne speakerine est dissimulée derrière ses lunettes à verres fumés qui lui confèrent une part de mystère et de drame. Elle ressemble aux actrices du Festival de Cannes, foulant le tapis rouge en pleine lumière tout en restant inaccessibles. Madame pénètre son territoire. Madame est intrépide. Elle n'ose pas s'approcher, craignant que des poils de chien se collent à ses sandales de luxe. Elle est incommodée par la chaleur stagnante, entre le souffle du séchoir, les effluves canins, et la sueur des deux travailleurs. Elle leur sourit comme elle l'aurait fait à des millions de téléspectateurs. Et eux, en quoi peuvent-ils l'aider ?

Maryse remarque le jeune stagiaire caché dans le dos d'Eddy. Il semble à peine sorti de l'adolescence, ce qui contraste avec l'imposante masculinité de son patron. Elle prend une grande inspiration, une bouffée d'hormones mâles et canines, avec l'impression d'être une éternelle provinciale passant un casting pour la télé. La gorge est sèche. Un verre de vin blanc frais lui serait d'un grand secours :

– Je n'ai pas de chien, dit-elle.

– Ah ! Ça tombe mal…

Elle passe outre aux poils, se rapproche du comptoir, pose son sac à main dessus : un modèle en crocodile griffé Hermès. Eddy remarque le H doré sur la boucle et décèle une attitude ostentatoire. Maryse poursuit les hommes en exhibant ses signes extérieurs de richesse. Elle a le budget pour lui offrir davantage qu'une simple bavette à l'échalote. Il la gratifie de son plus beau sourire. À la vue de ses fossettes, elle sent le désir bourdonner dans son ventre. Elle tente sa dernière chance et prononce la phrase clé :

– Sachez que si j'avais un chien… j'aimerais qu'il soit merveilleux de la truffe à la queue.

– Ah bon ?

– Terriblement. Furieusement.

Eddy est fier de l'emballer à ce point. Le jeu touche à sa fin. Voilà une femme raffinée, à l'allure glamour, une femme qui sait lire entre les lignes. Il lui propose de rester après la fermeture du salon pour discuter d'une éventuelle adoption d'animaux de compagnie. Elle n'aura pas besoin de fréquenter les différents élevages de la région, il connaît une excellente adresse proche d'ici. Elle y sera bien accueillie et mise en confiance. Maryse acquiesce sans ôter ses lunettes de soleil. Elle est prête à patienter, personne ne l'attend chez elle, sa fille se préparera une omelette. Eddy se retourne vers son stagiaire et l'encourage à se dépêcher de passer le balai. Florian s'exécute, armé d'une pelle pour ramasser les derniers poils de chien. Il admire l'assurance de son patron, sa dextérité devant la table de toilettage comme sa gestion des conflits. La clientèle a parfois des requêtes précises, les femmes en particulier. Il se demande ce qu'elles ont toutes à vouloir que leur chien soit merveilleux de la truffe à la queue.

Chapitre 12

Maryse monte en silence au premier étage. Elle aimerait qu'Eddy enfouisse son nez dans sa nuque, qu'il lui susurre des mots salaces. Il la suit dans les escaliers, les yeux rivés sur ses fesses toniques défiant la loi de la gravité. Il ouvre la porte, elle entre en premier. Une odeur de bois chaud flotte dans la pièce. Elle remarque le téléviseur gigantesque et les enceintes dignes d'une agence spatiale. Au sol, un tapis oriental râpé, peut-être par des nuits de danse ou d'amour. Une bouteille de vin rouge entamée repose sur la table en chêne, à côté d'un verre vide et sale. Un seul verre raconte les soirées en solitaire d'un incorrigible célibataire. Aucune femme n'aurait toléré ce puzzle de berger allemand encadré au mur. La déco est merdique. Maryse évite de regarder aux quatre coins de l'appartement, au risque d'y trouver un détail qui la ferait fuir : un nain de jardin, une collection de soldats de plomb, une belette empaillée. Eddy lui propose de boire un verre, mais elle refuse, autant passer à l'action tout de suite. Madame est impatiente. Madame va calmer ses ardeurs.

– Vous m'excusez, Maryse, je sens un peu le chien, je vais me doucher.

Il retire sa chemisette et rejoint la salle de bains en sifflotant. Son dos large disparaît dans le clair-obscur du couloir. Elle continue sa visite clandestine, s'aventure à travers l'appartement et trouve sa chambre. Les draps sont froissés. Surpris par sa visite, il n'a pas eu le temps de préparer le terrain. Combien de femmes se sont glissées ici cette semaine ? Elle dépose son sac à main au pied du lit, se déshabille mais garde son body en dentelle, spécialement acheté pour l'occasion. La mise en scène doit correspondre à ce qu'elle s'est imaginé. Elle prend la pose, adossée contre l'oreiller, légèrement de biais, un genou replié sur l'autre. Elle patiente comme une nymphe sur le bord d'un lac, lascive et insaisissable. Et soudain, l'eau de la douche ne coule plus, le sifflotement cesse, la porte de la salle de bains s'ouvre. Maryse tressaute sur le drap. Depuis le couloir, elle entend Eddy pousser la chansonnette :

– « Elle était maquilléééé... comme une star de cinééé... »

Il entre dans la chambre en se caressant les poils du torse, deux poignées d'amour débordent d'une serviette nouée autour de la taille. Il chante excessivement faux, mais semble sûr de l'effet produit, et continue comme si elle était sa groupie :

– « Elle semblait bien dans sa peau-oh... ses yeux couleur menthe à l'eau-oh... »

Un pied sur la moquette, l'autre sur le lit, il s'accoude sur sa cuisse en prenant un regard empreint de gravité. Son sexe se gonfle d'orgueil et pointe à travers les bords de la serviette. La scène pourrait être érotique s'il se concentrait sur elle, et non sur ses pseudo talents de chanteur de variétés. Maryse est disponible, consentante, vêtue de lingerie coquine, et se demande pourquoi Eddy s'obstine à se donner en spectacle.

– « Et moi je n'en pouvais pluuus... bien sûr elle ne m'a pas vuuu... »

Bien sûr qu'elle le voit mais elle le trouve ridicule et ose lui avouer :

– Vous faites souvent ce numéro du crooner en mal d'amour ?

Eddy s'arrête net.

– Bah oui !

– Et ça marche ?

– Les femmes adorent, elles en redemandent.

C'est son rituel avant l'amour. Sa chanson fétiche lui donne l'assurance du mâle viril et romantique qu'il aime incarner. Il contemple Maryse sur son lit, aguicheuse dans sa tenue de charme, et d'un coup sec, il retire sa serviette, fier d'exposer son sexe en érection.

– Alors, heureuse ?

Il s'approche de l'ancienne speakerine sans prendre garde au pied de lit en bois massif. Craquement de cartilage, orteil plié. Des milliers de terminaisons nerveuses lui envoient des impulsions électriques jusqu'au crâne. Eddy saute à cloche-pied, serre les dents, puis tombe à genoux en criant de douleur. Cul nu sur le parquet, il fait la grimace :

– Putain j'ai mal !

– Allons bon...

Maryse est effarée. Comme c'est fragile, cette petite chose enfouie dans cette grande carcasse. Elle se penche vers lui et caresse ses cheveux, remarque au passage son sexe ramolli sous le choc. Encore un qui se défile vite. Elle connaît un moyen de faire disparaître la douleur : il suffit d'en infliger une autre plus rude mais jouissive. Elle s'assoit au bord du lit, les jambes écartées devant le visage du toiletteur. Il est au bon endroit, à la bonne hauteur, et maintenant, il va comprendre comment traiter une femme. Elle lui flanque une gifle. Le geste est précis, d'une rage froide, l'intention sans équivoque :

– Ça, c'est pour m'avoir fait attendre.

Eddy n'a pas le temps de réaliser d'où vient la baffe qu'elle lui en met une seconde :

– Et celle-là, c'est pour mon plaisir personnel.

L'ancienne speakerine joue à la maîtresse humiliante. Il scrute le fond de son œil agité. Maryse pose un pied sur l'homme nu comme un trophée de chasse. Ses mains s'agrippent à sa nuque, ses doigts entrelacés dans ses mèches brunes. Sans ultimatum, elle tire son visage entre ses jambes. La moustache du toiletteur irrite sa peau fine et la chatouille en même temps. Elle lâche un long soupir de soulagement qui repousse les murs de la chambre :

– Aaaaaah…

À genoux, Eddy sait ce qu'il doit accomplir. Il lèche la lingerie de luxe et mordille la dentelle. Maryse l'emprisonne, le retient plus fort, ne le laisse pas se dérober. L'homme goûte la femme à l'origine du monde. Elle pousse un gémissement en basculant sur le matelas. Il retire les bretelles de son body. Ses paumes sont calleuses à force de tenir le manche des brosses pour chiens, mais cette sensation de frottement rêche est excitante sur le bout de ses seins. À travers les fenêtres ouvertes, elle crie très fort car elle veut qu'on l'entende. Tout le monde doit savoir que Maryse Delmar est en train de baiser. La moustache collée au pubis de l'ancienne speakerine, Eddy a des images de bourgeoise prise en levrette.

Il bande.

Chapitre 13

Le jour suivant est merveilleux. Maryse se réveille de bonne humeur, enfile son peignoir en satin et respire les fleurs de son jardin. Les abeilles bourdonnent, les mésanges zinzinulent, et au loin, brait un âne. Tout est luxuriant et harmonieux. Même l'étang recouvert d'une vase malodorante a un charme féerique. On dirait l'œuvre magistrale d'un peintre impressionniste. Elle se tourne vers la terrasse où sa fille boit un thé aux agrumes.

– Ma chérie, pourquoi ne peins-tu pas un beau tableau ?

Chloé se fige devant sa tasse et se répète : « Ô temps, suspends ton vol ! » En général, sa mère ne l'encourage pas dans ses démarches artistiques, alors qu'est-ce qui lui prend ? Il faut se méfier des belles déclarations de maman, qui s'envolent à la moindre contrariété. N'y prêtant pas attention, Chloé consulte Tinder sur son téléphone. Elle ne concevait pas de s'inscrire sur cette application, elle aurait préféré une rencontre impromptu plutôt qu'un rendez-vous téléguidé. Elle avait tergiversé, s'y intéressant par curiosité, comme si elle préparait une thèse en sociologie, gardant tout de même un regard critique. Puis elle avait découvert un monde parallèle où chaque individu se sublime, gomme ses défauts. En créant son profil, elle a transformé « la fille qui boite » en une jeune femme de son temps, indépendante et désirable. Captivée par les algorithmes du désir, Chloé s'est aliénée au profit d'une autre. À l'occasion, elle montre un bout de sein.

L'appli affiche un nouveau message. Avant de cliquer, elle éprouve toujours une pointe d'euphorie. Qui a eu un crush sur elle aujourd'hui ?

`coucou, dispo? on se retrouve au lac?`

C'est Ludo, trente-quatre ans, surfeur à Hossegor. Ils discutent ensemble depuis le début de l'été, mais Chloé n'a pas osé lui filer rencard. D'abord, elle ne se sent pas libre chez elle avec sa mère qui circule dans toutes les pièces de la maison. Sa mère qui tourne autour comme un requin. Sa mère, la mangeuse d'hommes. Par ailleurs, il faudrait préciser à Ludo qu'elle marche à l'aide d'une canne, avant qu'il ne le découvre au premier rendez-vous. Ce n'est pas le genre d'argument mis en avant sur son profil, elle s'y montre à son avantage : portrait de trois quarts face, longs cheveux blonds lumineux, la bouche maquillée d'un rouge à lèvres bois de rose. Elle sourit à la vie, prête à gravir l'Everest. Le surfeur fantasme peut-être sur une baroudeuse.

Sa mère la détourne de Tinder et des hommes qui lui envoient des cœurs :

– Et si on faisait du shopping ? demande-t-elle. Du shopping en bonnes copines, ce serait chouette, hein ?

Chloé se tasse sur la chaise. Elle prend un temps de réflexion en buvant une gorgée de thé. La mère-copine n'est pas un concept envisageable, mais elle entrevoit l'occasion de la suivre de près, de disséquer ses moindres faits et gestes, de réfléchir à un plan pour s'en débarrasser. Elle accepte d'un hochement de tête, d'autant que Dax est une ville où règne l'abondance de douceurs. On y mange des madeleines, des tourtières parfumées à l'armagnac, des gâteaux fourrés à la pâte d'amandes. Si elle s'ennuie dans les magasins, elle bifurquera pour déguster une pâtisserie.

Des jours comme aujourd'hui, Maryse souhaite enterrer la hache de guerre. Elle sait combien son mari aimait sa fille et qu'il aurait souhaité une relation harmonieuse entre les femmes de sa vie. Revigorée par le sexe, elle se tourne vers le soleil, inspire en étirant les bras. Elle est d'humeur primesautière, éternellement jeune et forcément sublime. Devant la table de jardin, elle fait de l'ombre à sa fille. Elle sent que le monde lui appartient. Loin d'en prendre ombrage, Chloé replonge le nez dans Tinder. Ludo vient de lui envoyer un second message :

`alors dispo?`

Elle voudrait le rencontrer mais elle ne se sent pas prête. Le trac. La peur de déplaire. L'angoisse d'être rejetée. Elle repousse le moment fatidique.

`non, pas aujourd'hui`

`dommage LOL`

En fin de matinée, la température est déjà élevée. Il fait bon flâner sous la climatisation des grandes enseignes. Maryse aime les Galeries Lafayette, même si celles de Dax sont minuscules à côté des magasins parisiens. Elle s'en accommode en s'aspergeant de Chanel au rez-de-chaussée. La vendeuse se tient à sa disposition pour la conseiller, mais c'est inutile, elle connaît les fragrances et les différents produits de la maison. Elle a assisté à des défilés de mode au Grand Palais, elle a même brunché avec Inès de la Fressange.

– Une fille vachement sympa ! dit-elle à la parfumeuse qui la prend pour une grosse mytho.

Maryse part dans un sens, puis revient dans l'autre, ne sait plus quelle allée emprunter. Chloé la suit avec sa canne et supporte tant bien que mal le piétinement. Elle ne montre aucun signe d'essoufflement à sa mère. Devant elles se dressent des murs gigantesques recouverts de miroirs. L'absence de coupole rend le bâtiment moins prestigieux que celui du boulevard Haussmann, mais un bel escalier mène aux étages.

– Tu préfères prendre l'ascenseur, ma chérie ? C'est mieux pour les handicapés.

– Non, c'est bon…

Chloé pourrait lui briser la nuque avec sa canne. Elle déteste quand sa mère la traite comme une impotente. Aucun obstacle n'est insurmontable, à condition d'y aller à son rythme. Sa mère se mire dans la glace, met du désordre dans ses cheveux, constate des racines apparentes. Elle se veut coquette et rock & roll.

– Passe devant, ma chérie, t'es plus lente.

Au premier étage, la mode appelle les femmes. Maryse craque pour une paire de ballerines en toile et un maillot de bain noir qui allonge sa silhouette. Une capeline sur la tête, les jambes recouvertes d'un paréo à fleurs, elle défile devant la cabine d'essayage. Chloé devient spectatrice de sa mère rejouant à l'élection de Miss Normandie.

– Alors, ma chérie, t'en penses quoi ?

– Ça fait très vulgaire sur toi.

– Roooh ! Comment tu parles à ta mère !

À quoi bon lui demander son avis ? Sa fille aime les fringues classiques et sobres, d'une tristesse infinie. Rien ne dépasse chez elle, rien ne choque l'entourage. Heureusement la vendeuse la trouve resplendissante dans cette tenue. Maryse apprécie le soutien d'une professionnelle de la mode, vive et perspicace.

– Vous me reconnaissez ? J'étais speakerine dans les années 80.

La jeune fille secoue la tête. Elle est née à l'ère d'Internet et de la vidéo à la demande. La speakerine est un concept lointain, mais ses parents lui ont déjà parlé de ces femmes engoncées dans des tailleurs, à la chevelure permanentée, qui lisaient des prompteurs sans bafouiller. C'est la première fois qu'elle en voit une en vrai. La vendeuse ressent une énorme empathie envers sa cliente, au point de glisser dans le sac de shopping un échantillon de crème solaire. Maryse se sent traitée comme la princesse de Monaco, une femme destinée à porter une couronne.

La mère et la fille redescendent le bel escalier. La mère, digne, marche devant, ses mains chargées de paquets. Elle se retourne vers sa fille et insiste :

– T'aurais mieux fait de prendre l'ascenseur.

Chloé la foudroie du regard, lui faisant comprendre que si elle ajoute un mot, sa canne brisera sa nuque en toute sérénité. Au rez-de-chaussée, Maryse se précipite vers le rayon bijouterie. Elle n'a pas besoin d'une nouvelle bague, mais une chaîne en or serait un joli cadeau pour Eddy. À travers le coffre en verre, elle admire les différents modèles de mailles dorées. Elle veut que ça pète, elle veut du vingt-quatre carats sinon rien. Chloé jette un œil par-dessus son épaule. Le prochain achat de sa mère est assez onéreux et plutôt masculin. Forcément, elle s'interroge : C'est pour qui ? Un homme, mais lequel ? Encore un connard qui mâche des chewing-gums à la menthe garantissant une haleine fraîche ? Elle a vu sa mère gaspiller du fric pour des types qui n'en valent pas la peine, qui lui donnent l'impression qu'elle est précieuse et rare, d'une grandeur unique. Bien sûr, elle y croit. Elle veut l'entendre tous les jours, quoi qu'il en coûte. Seulement cet argent est aussi le sien. C'est tout ce qui lui reste de son père et qui assure ses frais au quotidien.

– Qu'est-ce que tu fabriques, maman ?

– C'est mon argent, je fais ce que je veux.

– Notre argent ! Ou plutôt celui de papa.

Sa mère coupe court au dialogue et dégaine sa carte bancaire, au lieu d'admettre qu'elle dilapide leurs économies pour des profiteurs. Oui, il y a eu ce guitariste italien, ce chroniqueur télé, ce mannequin slip, et des mecs aux commandes de start-up innovantes. Oui, il y a eu beaucoup de félons, de machos bas de gamme, de faux jetons. C'était à Paris, une ville où tous les coups sont permis. Ici, c'est la province, la Gascogne et la Chalosse, territoire de douceur et d'authenticité. Eddy ne la décevra pas. Il est brut de décoffrage mais attentionné. Maryse parvient à s'en persuader.

– Viens, suis-moi… si tu n'es pas trop flagada.

– Où est-ce que tu m'emmènes encore ?

– Là où les chiens font confiance aux hommes.

Elles ressortent du magasin et s'engagent dans les rues piétonnes. La mère met le turbo. La fille force sur sa jambe valide pour ne pas être distancée. Des pigeons s'envolent lorsqu'elles traversent la place de la Cathédrale. Maryse entre la première dans le salon de toilettage, comme *Pretty Woman* en virée shopping, faisant halte chez un commerçant et l'interpellant par son prénom :

– Comment va le bel Eddy ?

Chloé reconnaît ce moustachu à gros bras. Il dansait comme un pied à la Musardière et flirtait avec sa mère au mariage. Sa chemisette kaki est largement entrouverte, on voit sa toison pectorale. Chloé n'est pas fan des mecs poilus. Elle préfère les hommes imberbes, à la peau lisse et douce comme celle d'un bébé. Sa mère enlace le toiletteur, même si à cette heure de la journée, il doit sentir la sueur et le chien. Elle se colle à son torse par vanité, pour montrer combien ils sont devenus proches.

Eddy est ravi de revoir Maryse tout en posant un regard étonné sur sa fille. Chloé reste dans l'encadrement de la porte, impassible et silencieuse. Il la gratifie d'un

« enchanté mademoiselle », ce dont elle se fout complètement. Ce type est un incorrigible dragueur, avec une nette attirance pour les femmes âgées, naïves et esseulées, au compte en banque bien rempli. Elle a deviné ses manigances lorsqu'elle l'a vu sur son terrain de chasse au thé dansant. Sa mère lui caresse l'avant-bras, exposant son nouveau trophée, puis elle lui offre le bijou :

– Oh ! Un cadeau ! Fallait pas…

– Tu rigoles ou quoi ? C'est juste une babiole.

Maryse lui passe la chaîne en or autour du cou. Eddy s'admire dans la glace. Ça brille entre ses poils. Chloé sent la rage brûler tous ses membres. Elle reste sidérée, collée à la porte vitrée, cramponnée à sa canne, comme forcée d'assister à une pièce de théâtre où les comédiens sont déjà sur scène et jouent un vaudeville grotesque. Elle n'ose pas bouger par crainte de se cogner aux murs, à la table de toilettage, aux peignes à dents larges. Elle a l'impression de ne pas être à la bonne place, mais ignore s'il y en a une meilleure.

Au fond du salon, elle remarque ce jeune homme filiforme qui retient un fox-terrier mouillé dans les bras. Le chien lui lèche la joue, preuve de confiance entre l'animal et l'apprenti toiletteur. Il est immobile comme elle, un peu blême, n'osant pas troubler l'alchimie entre son patron et sa mère. Lui aussi semble s'excuser d'être là, il cherche dans les coins un endroit où s'enfuir. Chloé s'accroche à sa présence afin de ne pas se sentir seule au monde. Ils s'interrogent du regard, comme le feraient les gens sur un quai de métro : « Ça va vous ? Parce que moi ça va moyen. Vous êtes heureux dans la vie ? Qu'est-ce qu'on fout là ? »

Chapitre 14

Sur la route du retour, Maryse ne parle que d'Eddy, de sa douceur dissimulée sous une masse hirsute. Elle remplit la voiture de flatteries, elle sature l'air de bla-bla.

– Tu as vu, mon cadeau lui a fait plaisir.

– À ce prix-là, il vaut mieux.

– Si tu savais, ma chérie… Dès qu'il quitte sa chemise, je ne me contrôle plus…

– Oui, oui, je vois le tableau.

– Il est doué, l'animal…

Chloé l'écoute tout le long du trajet, comme une fille constatant que sa mère est une veuve joyeuse, qui dépense son héritage et s'envoie en l'air. Maryse dit ce qu'elle pense, elle dit ce qu'elle va faire. Le bruit des mots est saoulant. Chloé la fait taire en montant le son de la radio. Donna Summer prend le relais et pousse des râles d'amour sur un fond de disco : *« Aaah, love to love you baby… »* Envoûtée par le refrain, Maryse ferme les yeux et replonge dans sa jeunesse, les bras tendus vers le pare-brise, remuant son bassin dans un mouvement lascif.

La vitre baissée, cheveux au vent, Chloé double un camion frigorifique. Elle se demande si elle n'aurait pas mieux fait de rester à Soustons et de rencontrer

Ludo finalement. Sa mère n'est pas la seule à rechercher l'incandescence du désir et la piqûre de l'émoi. Il n'est peut-être pas trop tard après tout. Elle doute d'être l'unique femme à recevoir un petit cœur illuminé du beau surfeur, mais elle tente sa chance. Il se connectera à Tinder après avoir quitté les vagues. Elle passe le grand rond-point et traverse le village. Au stop, elle lui envoie un message :

`serais-tu dispo cet après-midi ?`

La réponse tombe, une fois garée devant la maison :

`OK rdv au lac`

Le lac de Soustons est un endroit romantique, exauçant les souhaits de nombreux amants. Le lieu idyllique pour faire la connaissance de ce Landais bien sous tous rapports. Elle va opter pour un look naturel et chic. Une robe blanche, légère, qui respire l'élégance et le minimalisme. Une pièce intemporelle, idéale par une journée de grande chaleur.

Le temps qu'elle aille se changer, Maryse est déjà allongée sur le ventre au bord de la piscine, la culotte du maillot rentrée dans la raie des fesses. Elle peaufine son bronzage. Chloé la prévient qu'elle emprunte la voiture pour se promener, mais sa mère ne l'entend pas. Elle dort la bouche ouverte, cuite comme une asperge.

Les berges du lac offrent une promenade ombragée. On peut s'y poser et admirer le coucher de soleil. Si le charme opère entre les jeunes et que leurs discussions s'éternisent sur un banc, l'astre rougeoyant célébrera leur premier rendez-vous. Au volant de sa voiture, Chloé se souvient de l'annonce du surfeur sur Tinder : « Ici pour faire des rencontres sans prise de tête, pas adepte des relations virtuelles, pour le reste ça se joue au feeling. » Elle partage sa philosophie. Sa robe longue, évasée sous la poitrine, recouvre ses jambes et dissimule sa cicatrice. Du fard mauve sur les paupières apporte une discrète touche de couleur. Ça se jouera au feeling, comme dit l'annonce.

Elle se gare, pose un pied dehors et scrute le monde autour. Des enfants courent sur la terre battue. Au bout du ponton, une femme s'initie à la planche à voile. Un groupe de campeurs vagabondent avec sac à dos, et derrière eux, elle aperçoit Ludo adossé à un arbre. Il ressemble à ses photos : pas très grand, bronzé, les cheveux décolorés par le soleil et l'écume des vagues. Elle le trouve beau. Carrément beau. Il la reconnaît aussi et lui fait un signe de la main. C'est maintenant que tout se joue. Une pointe d'appréhension la retient dans l'habitacle. Elle a le choix entre le rencontrer ou redémarrer en trombe. Le voilà qui avance d'un pas décidé. Elle attrape sa canne, puis referme la portière et marche vers lui. Sa jambe traîne dans un petit nuage de poussière, mais elle garde fière allure. Soudain, le sourire de Ludo s'efface. Il s'arrête sur la terre battue.

Chloé continue d'approcher. Elle lit le malaise dans son regard sidéré : la femme, la blonde, la Parisienne, elle n'a pas dit qu'elle boitait sur son profil. Le surfeur ravale sa salive. Pourquoi la regarde-t-il comme un objet insignifiant ? Une poivrière ou un tabouret de camping.

– Non mais non, dit-il… ça va pas l'faire !

– Bonjour, d'abord.

– Ouais, mais non, désolé…

– C'est quoi le problème ?

– J'ai pas l'feeling, c'est tout !

Ludo ne cherche pas d'autres excuses, puisque de toute évidence, il n'en a aucune. Le beau Landais se carapate comme s'il fuyait un cas de peste. Il retourne vers le parking à petites foulées et remonte dans son van jaune. Dans son cas, « Ça se joue au feeling » signifie : « Je-cherche-un-bon-plan-cul-si-possible-avec-une-randonneuse-bavaroise-naturiste ».

Chloé appréhendait ce moment, mais elle ne ressent pas assez de désespoir pour pleurer. Si elle joue cartes sur table, elle n'a pas été totalement franche avec lui. Que devrait-elle annoncer sur son Tinder ? « Jamais sans ma canne » ou « Boiteuse à déboîter » ou « Gare à ma patte folle LOL » ?

Elle reste une femme avec ses courbes, ses principes, son besoin d'être aimée et touchée. Le problème ne vient pas de Ludo. Le problème n'est pas la futilité des hommes et leurs instincts basiques. Le problème se résume à cette jambe qui ne rivalise pas avec celle d'une volleyeuse. C'est à cause des blessures. C'est à cause de sa mère qui boit comme un trou et défonce la bagnole dans le fossé. Encore et toujours sa mère.

Chloé se tourne vers le lac. Son regard bleu azur se noie dans la masse d'eau sombre. Des enfants jouent sur les berges, leurs cris rappellent les siens la nuit de l'accident. Elle se souvient de l'ivresse et de la haine au volant. À son réveil à l'hôpital, elle portait une minerve, un corset, des plâtres aux quatre membres. Assis sur une chaise à son chevet, son père lui parlait doucement. Il disait qu'elle était vivante mais grièvement blessée, qu'il fallait pardonner à maman. Il insistait sur l'idée de pardon, car lui-même était rongé par la culpabilité d'avoir entraîné sa femme dans tous les excès sans penser aux conséquences. Chloé se retrouva handicapée à vie, sa mère avec quelques égratignures. Ce n'est pas elle qui eut sa carrière de danseuse massacrée. Pas elle qui affronte les regards de pitié. Pas elle qui endure la lâcheté des hommes, trouvant n'importe quel prétexte pour se sauver dès qu'ils l'aperçoivent avec une canne.

Le vent chaud souffle dans ses cheveux dorés et les branches du saule pleureur. Le lac est témoin de ses souvenirs mêlés de rancune. Il les plonge dans l'eau et les engloutit dans les fonds sablonneux. Chloé s'en remet à la nature car elle seule peut l'entendre et la comprendre. La nature est comme elle : imprévisible et dangereuse.

Chapitre 15

Maryse revoit Eddy tous les jours. Elle l'espionne à travers la vitrine, prétend passer par hasard, lui propose de boire un verre, puis la bouteille entière. L'alcool aidant, leur sueur après l'amour n'en est que plus sucrée. Elle passe au crible toute la chambre pour savoir s'il voit d'autres femmes. Eddy reste cachotier, laissant planer le doute quant à ses activités. Ça l'amuse. Maryse se l'approprie comme un sex-toy rangé dans un tiroir, que l'on ressort à l'occasion, en espérant que personne d'autre ne s'en serve. Question d'hygiène.

Un soir, ils mangent une salade landaise en terrasse d'un restaurant. Eddy tartine du foie gras sur une tranche de pain, s'essuie la bouche d'un revers de la main. Il parle de lui, encore et toujours, raconte comment il a quitté Roubaix pour Dax, sa fierté de self-made-man, sa reconversion dans le toilettage.

– Savoir débourrer un chien, c'est un art ! On enlève le poil mort car il ne sert plus à rien, à part lui tenir chaud, seul le poil restant permet la thermorégulation du corps…

Maryse fait mine d'être intéressée en se reversant un verre de vin blanc. Elle n'en a rien à secouer des caniches ni des animaux en général, mais elle feint de boire ses paroles pour ne pas le contrarier. Eddy a un grand besoin de reconnaissance. Les hommes en général sont pressés de s'affirmer devant les femmes : leurs opinions, leurs réussites, leur bravoure face à l'adversité. C'est une façon de se rassurer sur leur virilité et de les conquérir avant de les ramener au lit.

Maryse a été à bonne école grâce à son mari et les abonnés des clubs libertins. Et tant qu'elle écoute Eddy avec les yeux pleins d'admiration, il est tranquille. Alors il enchaîne sur les joies de l'Aquitaine. Bien sûr, il y a les forêts, le rugby, les grandes plages de sable blond, mais il y a surtout le bon vin rouge et les pommes de terre sautées à la graisse de canard. D'ailleurs, il a une théorie sur les gens qui boudent la gastronomie locale :

– Ceux qui n'aiment pas la bouffe, c'est qu'ils n'aiment pas l'cul, et ceux qui n'aiment pas l'cul, c'est qu'ils n'aiment pas la vie !

Maryse n'interrompt pas sa philosophie hédoniste. Elle acquiesce derrière son verre de vin, puis lui répète combien il est beau. Les hommes sont des jouets sexuels qu'il faut flatter pour gonfler leur orgueil et leur libido.

Au moment de payer l'addition, Eddy s'éclipse aux toilettes. Trop de vin, une envie pressante, la vieille tactique. Il laisse Maryse composer le code de sa carte bancaire. L'égalité homme-femme l'arrange tant elle raye toute forme de galanterie. Une sexagénaire fortunée, qui lui montre combien elle le chérit, est incroyablement séduisante. Il la remboursera en baisers et coups de reins. Madame est généreuse. Madame ne regarde pas à la dépense. En contrepartie, elle propose à son amant d'aller danser. Il pourrait donner davantage de sa personne.

– La Musardière est fermée le samedi, lui rappelle Eddy.

Elle ne l'entend pas ainsi :

– Oublie la valse et le fox-trot, j'en ai ma dose des bals musettes ! Moi, je veux m'éclater sur ABBA. Je veux me la jouer comme Madonna.

Maryse veut retrouver les sensations de Paris by night, quand on lui ouvrait les portes du Palace, des Bains-Douches, de la Scala. Elle retirait son manteau en hermine, sous lequel scintillait une robe en lamé, et elle foulait la piste de danse dans une projection de fumigènes. Tout le monde s'écartait et laissait place à la speakerine. Femme libérée, elle tournait en levant les bras au son du cultissime : « Voulez-vous coucher avec moi ce soir ? Voulez-vous coucher avec moi ? »

Madame propose. Madame dispose. C'est également elle qui paie les deux entrées au Calypso. Eddy la suit comme son garde du corps. On ne leur prête aucune attention particulière. Ils ressemblent à n'importe quel couple, venu respirer les effluves de cocktails et se défouler sur le dance floor. Le Calypso est un bar-boîte à la sortie de la ville, fréquenté par les quadras et les quinquas. On y vient pour déterrer sa jeunesse et revivre la fin du disco. Le synthé est assourdissant, les gens se gueulent dans les oreilles. Sous une guirlande illuminée, le barman secoue la tequila. Des spots changent de couleur derrière des panneaux en plexiglas. Une odeur de bois patiné et d'adrénaline collective prend aux tripes et des relents de tabac froid imprègnent la moquette murale. Eddy plaque Maryse contre un pylône et l'embrasse à pleine bouche. Il la sent fière d'être vue avec un homme plus jeune, prêt à l'érotiser en public. Elle s'accroche à ses épaules, parée pour la cavalcade nocturne. Sa langue a le goût acerbe du vin rouge. Elle aime particulièrement ses yeux noirs, lourds et coquins, qui traînent sur sa silhouette comme deux malfrats. À côté d'eux, une femme au regard vitreux, les seins débordant de sa robe verte, s'écroule sur la banquette. Personne n'y prête attention. Passé une certaine heure, les ravages du whisky Coca sont terribles. Si certains prolongent la soirée, d'autres la terminent. Des Dacquois reconnaissent le toiletteur et lui tapent sur l'épaule. Ils sont curieux de voir avec qui il traîne. Maryse serre des mains et claque des bises à des inconnus, elle se fond dans la masse et se frotte à la foule. Eddy l'entraîne vers le bar, mais elle lui crie à l'oreille :

– Je veux danser !

Leurs mains se lâchent sous les lumières aveuglantes d'un stroboscope. Un truc démarre. Hallucinant. Elle ferme les yeux et tournoie au son d'une flûte électronique. Le DJ a lancé son tube préféré d'ABBA. Poussez-vous, les gens, Maryse Delmar ne peut pas résister. Elle secoue son bassin moulé dans un jean noir. C'est une prière enflammée, une déflagration musicale, une issue pour traverser l'obscurité. Et ça tambourine dans sa poitrine. Les ongles en avant, elle se rapproche de son amant.

« *Gimme, gimme, gimme a man after midnight.* » Maryse n'a pas attendu minuit pour choper Eddy. Elle chante et danse comme si personne ne la regardait :

– *Gimme, gimme, gimme a man after midnight*, na na na na na na na na…

Eddy oublie sa soif et danse langoureusement avec l'ancienne speakerine. Elle se cramponne au col de sa chemisette, il pose les mains sur ses hanches. Sous les flashs, plus rien ne compte que l'exaltation et l'indécence.

En sortant du Calypso, Eddy a le dos trempé de sueur. Il se ventile sur le parking en secouant sa chemisette. Maryse n'en restera pas là. Elle veut le garder près d'elle jusqu'au dimanche soir. Si elle l'abandonne sur le bord de la route, une autre femme le trouvera sans attache, et elle le fera monter dans sa voiture. L'essayer, c'est l'adopter. Elle lui confie les clés de sa Golf et lui ordonne de la conduire à Soustons. Chez elle, les murs de la vieille bâtisse conservent la fraîcheur. Il y a un grand jardin et une piscine. C'est un havre de paix pour se détendre après une semaine passée avec des chiens. Eddy obéit.

À la sortie de Dax, il allume les pleins phares. Maryse lui sert de copilote. Elle l'aime parce qu'il cède à ses caprices et répond à la demande. La vitesse cristallise son excitation et lui flanque la chair de poule. Sa main se crispe sur la cuisse de son amant, ses ongles se plantent dans la toile du jean. Au bout de la nuit noire et dépeuplée, Eddy accélère. Plus vite. Encore.

Soustons les accueille enfin. Un chemin de campagne mène à la demeure des Delmar. L'endroit est sombre, confidentiel et planqué. Eddy se gare, éteint les phares et claque la portière en descendant. À peine entrés, sans allumer la lumière, les deux amants se déshabillent, affamés de chair. Ils gravitent sur le carrelage en grès comme une valse mécanique. Dans la précipitation, Eddy renverse un bibelot posé sur une commode : un cadre en verre contenant le portrait en noir et blanc de Jean-Paul Delmar.

– Merde ! Ton mari !

À tâtons dans la pénombre, Maryse guide son amant vers la chambre. Elle a réclamé un homme après minuit, elle l'a obtenu. L'attente a attisé le désir qui n'en est que plus ardent. Elle ne laisse pas de place pour les sentiments tièdes.

– Baise-moi ! Baise-moi comme une shampouineuse.

Eddy la bascule sur le lit et se vautre sur elle. À son tour de lui montrer que le disco n'a pas frelaté sa libido. Maryse feint de se débattre comme dans les westerns, quand la danseuse de saloon est jetée dans le foin, livrée à la malveillance du cowboy. Il aime sa souplesse, ses petites fesses, cette chair à mordre. Elle pousse un cri aigu qui résonne dans la pièce et s'envole ailleurs. Ce cri ne passe pas inaperçu dans la maison.

De l'autre côté du mur, Chloé entend tout. Un bruit de moteur l'a réveillée. Un claquement de portière. Un objet fracassé au sol. Elle a cru à un cambriolage, puis elle a distingué les chuchotements de sa mère. Elle n'a pas attendu longtemps avant de ramener son nouveau gigolo à la maison. La tête de lit cogne contre le mur, des gémissements l'agressent. Elle aurait presque envie de leur lancer un seau d'eau. Chloé se bouche les oreilles, ne sachant pas si elle est en colère ou jalouse. Elle a vingt-cinq ans, une vie amoureuse au point mort, un accordéon posé sur une chaise dans sa chambre. Et sa jeunesse se flétrit pendant que sa mère jouit. Si seulement le toiletteur canin pouvait la faire taire. Appuyer un oreiller sur sa tête pour lui éviter de gueuler.

Chapitre 16

Le lendemain matin, Eddy ouvre les yeux dans le clair-obscur de la chambre. Les rideaux sont tirés, mais les volets n'ont pas été fermés. Sa montre indique qu'il est presque dix heures. Le drap glisse le long du dos de Maryse. Elle dort encore profondément, extatique et rassasiée, après une nuit d'amour comme elle l'a réclamée. La pièce est démesurée, le mobilier ancien. Eddy s'étire dans le lit et se lève sans un bruit. Il sort par la porte vitrée en ne portant aucun vêtement sur lui, même pas son slip de la veille.

La lumière l'aveugle lorsqu'il pose un pied sur le dallage. Il protège ses yeux derrière la paume de sa main et marche sur l'herbe d'un pas incertain. Le gazon lui chatouille la plante des pieds, le soleil chauffe sa colonne vertébrale, le gazouillement des oiseaux lui souhaite la bienvenue. Il admire l'étendue du parc verdoyant, au fond duquel repose un étang. « Oh bordel ! » sont les premiers mots qui émergent. Le domaine abrite un écosystème luxuriant, vif, humide. Eddy est cerné par la splendeur et l'harmonie. Quel bonheur de nicher ici ! Parmi toutes les veuves fortunées qu'il a rencontrées, Maryse est dans le haut du panier. Il écarte les bras en croix dans la position du Christ, sans la toge ni la couronne d'épines. L'air tiède lui caresse les flancs. Après une longue inspiration, il entame une rotation de la tête pour décontracter ses cervicales, ce qui le met face à une femme dans le jardin, qui le fixe bizarrement. Eddy baisse les bras, cache son sexe derrière ses mains. Il bafouille :

– Salut… enfin j'veux dire… bonjour !

Les premiers mots d'un homme rencontrant une femme par le plus grand des hasards ne volent jamais haut. Jusqu'à cet instant, Chloé peignait le paysage. Eddy à poil ne cadre pas tellement dans le décor. Elle est en droit de lui demander ce qu'il fout là, d'appeler la police pour attentat à la pudeur, de le prendre en photo et mettre un #balancetonporc sur Twitter.

– Sans vouloir vous commander, vous pourriez mettre un slip ?

– Euh oui… enfin j'veux dire… pardon !

Chloé reste figée derrière son chevalet, le pinceau à la main, espérant que le gigolo de sa mère sorte de son champ de vision. Ce moustachu lui offre un autre aperçu de la nature dont elle se passerait volontiers.

– Au fait, dit-elle, c'est vous qui avez cassé le cadre de mon père ?

– Ah ! Désolé… je vais le rembourser.

La fille de l'ancienne speakerine a les sourcils froncés, le dégoût au bout des lèvres, le pinceau pointé sur lui comme une flèche. Eddy sent qu'il ne fait pas l'unanimité dans cette maison, encore moins en tenue de paradis terrestre. Il s'apprête à retourner en pas chassés vers la chambre, lorsque Maryse l'intercepte, un peignoir en satin noué à la taille :

– Eddyyy ! Qu'est-ce que tu fous tout nu devant ma fille ?

Elle lui claque les fesses et l'embrasse sur la commissure des lèvres. Chloé reste indifférente tant elle a souvent assisté à ce carnaval. Sa mère avec un concessionnaire automobile, ou un chef pâtissier réputé pour ses éclairs à la pistache, ou son ostéopathe marié et père de deux enfants.

– Ça va ma chérie ? On n'a pas fait trop de bruit hier soir ? demande la mère, faussement prude.

– Pas du tout ! répond la fille, franchement excédée.

Maryse resserre le nœud de son peignoir et dompte un épi dans les cheveux de son amant. Elle enchaîne :

– Pourquoi tu ne peindrais pas un beau nu d'Eddy ?

– Non, sans façon.

– Imagine-le, prenant la pose du *Penseur* devant la piscine.

– Faut pas rêver.

– Ce serait plus intéressant que cet étang qui sent l'œuf pourri.

Aux heures chaudes, l'eau refoule des émanations de boue et de vase. La nature se montre nauséabonde. Eddy renifle mais ne sent rien.

– Tu as le nez bouché ?

– Non, mais j'ai respiré trop de jets de laque et de sprays antibactériens. Ça m'a bousillé l'odorat.

Maryse embrasse son nez abîmé par de durs labeurs. Les mains croisées devant son sexe, Eddy ajoute :

– Et la perte de l'odorat n'est pas grand-chose à côté du risque de cancer de la vessie.

Maryse remonte un genou et taquine son entrejambe prisonnier de ses mains en coquille. Elle glousse. Chloé est consternée : Eddy est aussi ahuri que sa mère est aguicheuse. Ces deux-là forment une alliance parfaite. La nuit précédente s'annonce être la première d'une longue série. Elle n'a pas l'intention de contempler le nouveau gigolo de sa mère pendant des heures, ça lui ferait trop plaisir. Il y a des sujets artistiques plus envoûtants.

– Vous pourriez vous habiller ? demande-t-elle.

– Euh oui… faut juste que je retourne… là-bas…

Maryse l'invite à se dépêcher, elle va préparer un brunch : le jus d'orange sera fraîchement pressé, le café servi chaud, il y aura des œufs à la coque et aux bûchettes de foie gras si tel est son désir. L'eau à la bouche, il part à reculons, avant de se retourner et de courir vers la chambre. Ses fesses ne portent aucune trace de maillot.

Chloé soupire. Elle sent que la journée va être longue.

À table, Maryse est cheffe d'orchestre de la discussion. Elle parle vite, interpelle son amant, éclate de rire pour rien. Personne ne lui bouffe son oxygène. Eddy est distrait par la maîtresse de maison, ainsi que par les murs en pierre et le jasmin grimpant le long des poutrelles. Sous la pergola, il s'émerveille :

– Oh putain ! C'est beau chez vous.

Chloé appréhende le pire. Le moustachu va se plaire ici. Il va prendre ses quartiers. Il va sauter nu dans la piscine tous les dimanches. Si elle ne prend pas garde, avant la fin de l'été, il aura laissé sa brosse à dents, quelques slips de rechange, et des exemplaires d'*Auto Moto* dans les toilettes. Elle refuse de quitter la table et de lui laisser gagner du terrain. Lorsque Maryse s'absente à la recherche d'une bouteille de vin, Eddy saisit l'occasion pour donner l'impression de s'intéresser à sa fille, histoire de briser la glace.

– Alors pourquoi l'accordéon ?

– Drôle de question !

– Ça vient d'où cette passion ?

Chloé balaie sa frange. Elle ne ressent pas l'obligation de s'épancher devant le gigolo de sa mère, mais après tout s'il insiste, autant lui raconter sa vie, et lui expliquer dans quoi il a trempé son sexe cette nuit.

– L'accordéon m'a sauvée.

– Ah ouais ! Ça sauve des vies un accordéon ?

Elle se retourne pour vérifier que sa mère ne revient pas déjà de la cave, puis elle enchaîne :

– J'ai survécu à un grave accident. Et je me suis retrouvée sur un lit d'hôpital. J'avais treize ans.

– Ah merde... enfin j'veux dire... désolé.

– Je passais mon temps à lire ou à regarder la télé. Un jour, sur Arte, ils ont passé un concert de Yann Tiersen. Vous connaissez ? Il excellait à l'accordéon. Ses mélodies emportaient le public qui l'écoutait dans un silence quasi religieux. Je ne pouvais plus bouger les jambes, mais avec mes mains, je mimais ses mouvements. Et mes doigts pianotaient sur un clavier imaginaire. Ça tournoyait dans ma tête. Yann Tiersen m'apportait un peu d'insouciance malgré mon calvaire.

– Et vous êtes restée longtemps paralysée ?

– Quelques semaines. La musique a servi de thérapie. Elle m'a donné la force de supporter le corset et les opérations, l'espoir de remarcher. Je me suis remise debout grâce à une prothèse à la hanche, et en avant la musique ! Mon premier vœu a été d'apprendre à jouer de l'accordéon. En le serrant contre moi, l'instrument s'est transformé en bouclier. Mon meilleur allié. Il m'a donné un second souffle. C'est une histoire d'amitié qui démarre par un accident.

Eddy ne s'attendait pas à tant de détails, mais pris de court, là où la réaction la plus saine aurait été de ne pas s'immiscer dans un drame familial, lui, il met les pieds dans le plat :

– Un accident de quoi ?

Chloé lui chuchote :

– Un accident de voiture dont ma mère est responsable.

Sur ces entrefaites, Maryse revient avec une bouteille de vin des côtes-de-provence. Elle se félicite d'en avoir toujours une de réserve.

– Un p'tit rosé bien frais, voilà ce qu'il nous faut !

Elle le goûte et le décrit délicat en bouche, légèrement acidulé, puis elle en verse à son invité. Chloé est mutique en bout de table. Elle croque une olive noire et recrache le noyau dans une coupelle, comme si elle venait d'échanger des banalités. Eddy est refroidi sur la chaise. Il est catapulté sur un champ de bataille, où deux forces féminines s'affrontent : une mère séductrice et extravagante, une fille cérébrale et réservée. L'ambiance est lourde et électrique comme un orage d'été. Maryse lève son verre pour célébrer ce mois de juillet fabuleux, la présence du plus beau des toiletteurs canins, les tomates cerises vitaminées.

– N'ont-elles pas ce goût divin de l'extase et de la liberté ?

Elle en glisse une dans la bouche de son amant en espérant qu'il lui lèche le bout des doigts. Comme les tomates cerises, l'amour se consomme à n'importe quelle heure de la journée. Puis elle lui fait respirer le vin, cet arôme aux notes florales de rose et de chèvrefeuille. Encore une fois, Eddy est désolé. Il a gardé le goût mais ne distingue plus les odeurs.

– Je te l'ai dit, les aléas de la coiffure…

– Et mon parfum, tu le sens ?

– Pas vraiment…

– Au bois de santal, ambré et vanillé à se damner.

– Bah non.

– Oh mon adoré !

Maryse bat des cils et pose la main sur la cuisse de son amant pour l'embrasser sous le jasmin. Chloé tourne la tête et recrache un noyau d'olive dans l'herbe. Elle en a marre de voir sa mère bécoter ses mecs. On dirait les figurants d'une couverture de roman à l'eau de rose, où l'homme a une carrure solide, la femme une propension à se cambrer avec la bouche entrouverte.

Après les confidences de la fille, Eddy n'a pas très envie de roucouler avec la mère. Il aime les femmes espiègles mais pas aussi frondeuses. Qu'est-ce qu'elle a foutu, Maryse, pour rendre sa fille boiteuse ? Elle s'était pris une caisse avant de prendre le volant ? L'ancienne speakerine passe son bras autour de ses épaules. Elle est douce et caressante, elle le chevauche à présent. Assise sur lui à califourchon, elle roule son bassin dans un mouvement sensuel.

Chloé redoute que sa mère et le toiletteur fassent l'amour sur la table, au milieu des œufs à la coque et des bûchettes au foie gras.

Leur brunch pourrait se passer de sa présence, mais elle reste quand même, car elle est chez elle ici. C'est sa maison, son héritage, son évasion. En les dévisageant, ils sentiront d'eux-mêmes qu'ils gênent. Et sous le jasmin, une idée germe dans son esprit. Au départ, ce n'est que le fruit de son imagination complètement folle, mais la réflexion devient obsédante jusqu'à prendre toute la place dans sa tête. Une intention lugubre. Une machination tentaculaire. Un cataclysme.

Chapitre 17

Bien qu'elle soit persévérante et acharnée, Chloé n'a pas tenu une heure de plus. Elle a pris son maillot de bain, un grand chapeau de paille, le parasol jaune, les clés de la voiture et elle s'est éclipsée sans prévenir. À travers les carreaux de la porte vitrée, elle a vu Eddy sauter nu dans la piscine, sa mère se limer les ongles de pied sur le transat. Les parasites. L'angoisse.

Quand il n'y a plus de solution, reste la vengeance. Chloé ne sait pas encore quand, où et comment, mais elle réfléchit à un stratagème en conduisant. La route est sinueuse, ses pensées virevoltent et se heurtent aux platanes. On est loin de la rêverie, plutôt dans l'élaboration d'un plan astucieux, propre, irréprochable. Derrière chaque jolie blonde se cache une chienne de garde prête à mordre.

Elle ralentit dans les virages. C'est ici, l'endroit maudit. C'est là que la voiture a fini dans le fossé. Chaque passage sur ce bout de campagne réveille les blessures. Chloé se sent défigurée, des éclats de verre plantés dans le front. Il y a des fleurs sauvages sur le bas-côté et beaucoup de fantômes aussi. Elle lève le pied et roule au pas.

Tant pis si on klaxonne derrière. Après le virage mortifère, elle aperçoit un jeune homme faisant du stop. Il est grand, svelte, avec une planche de bodyboard dans une main, le pouce levé de l'autre. Elle freine sec. Les pneus de la voiture écrasent les fleurs sauvages et les fantômes. Elle n'est pas du genre à s'arrêter pour des inconnus mais elle reconnaît ce type. Dans le rétroviseur, il accourt, l'apprenti toiletteur de l'autre jour, le stagiaire d'Eddy.

– Tu vas où ?

– À la plage.

– Ça tombe bien, monte !

Florian se souvient de cette femme avec une canne, d'une élégance naturelle, presque intimidante. C'est la fille de l'ancienne speakerine, hyper maquillée, qui fait des papouilles à son patron. Il est content de la croiser et qu'elle s'arrête à la sortie du village. Sa caisse est en panne depuis deux semaines et la réparation lui coûte une blinde. Un transporteur de volailles l'a déposé à l'entrée de Soustons. D'ailleurs, il renifle son t-shirt pour s'assurer qu'il n'empeste pas le poulet fermier. La conductrice se montre froide au premier abord, peu accessible. Ils échangent leurs prénoms de manière conventionnelle, puis Chloé lui demande :

– Tu rejoins des amis ?

– Ouais, ils campent dans les dunes… Et toi ?

– Non. J'ai besoin d'être seule.

Florian n'ose pas la déconcentrer au volant mais il la remercie pour la course. Elle a de beaux cheveux qui embaument la fleur de tiaré et dévoilent un grain de beauté dans le cou lorsqu'ils volent au vent. Quant à son short en jean coupé court, il révèle une cicatrice violette lézardant le long de sa cuisse. Florian est hypnotisé par ce mélange de délicatesse et de déchirure. Il ne peut détacher ses yeux de la balafre. Chloé le remarque. On lui a trop souvent demandé de raconter son histoire. Elle est lasse de parler de l'accident et de lire en permanence dans le regard des autres : « Oh, la pauvre ! » Alors parfois, elle change la version des faits :

– Elle t'intrigue, ma cicatrice, hein ?

– Pardon… je me demandais juste…

– J'ai été attaquée par un requin à l'île de La Réunion.

Face à un tel aveu, Florian se tait. Il est transporté par une femme baroudeuse, aventurière, qui a échappé à la mâchoire d'un monstre marin. Lui n'a pas encore eu ni l'occasion ni le budget pour voyager loin. C'est un gars des Landes, né à Saint-Sever, et il n'a jamais dépassé la Gironde. Il aime l'idée de rester dans sa région, de humer l'odeur des pins chaque soir quand il rentre du travail.

– Et ça se passe bien avec ton patron ?

– Ouais… il est cool. J'apprends plein de choses.

– Tu bosses avec lui depuis longtemps ?

– Juste depuis cet été.

– Il te paie au moins ?

– Non, c'est un stage.

– Et alors ? T'as le droit d'être rémunéré.

– Ben… faut croire qu'il ne roule pas sur l'or.

C'est exactement ce que Chloé voulait entendre. Eddy fait le beau. Eddy se frotte aux dames friquées. Eddy arrondit ses fins de mois en dansant à la Musardière. Il ne serait pas contre une jolie prime si elle le sollicite pour un service particulier. On appâte ce genre d'homme avec un gros chèque. Alors que les jeunes pourraient faire plus ample connaissance, la discussion tourne principalement autour du moustachu. Chloé creuse le sujet de long en large : A-t-il des enfants à charge ? Des dettes de jeu ? Le projet d'agrandir son salon de toilettage ? Florian répond pêle-mêle, mais il est plus blasé qu'amusé.

– Il t'intrigue, mon patron, on dirait ?

– À l'heure actuelle, il squatte ma piscine et masse les pieds de ma mère. Donc je me renseigne avant qu'il devienne mon beau-père.

– Je ne l'imagine pas déménager à Paris.

– Il a l'air de se plaire dans notre maison à Soustons.

– Eddy, c'est un bon vivant !

– Chez les autres peut-être mais pas chez moi. Je compte revenir souvent.

– Les Landes te manquent ?

– Oui, moi aussi, je veux respirer l'odeur des pins en rentrant le soir.

Chloé esquisse un sourire pour la première fois depuis que Florian est monté dans la voiture. Elle a ce point commun avec lui : l'attachement à la forêt. Le besoin de parler aux arbres, aux lacs et à l'océan. Ils se racontent leurs parcours, à des horizons opposés. Elle se confie peu mais elle avoue aimer jouer de l'accordéon dans les banquets de la région. Alors pourquoi ne pas vivre ici toute l'année ? Elle n'est pas que citadine, elle est une enfant du pays par intermittence.

– Les Landes, c'est ma maison d'adoption.

– T'es accordéoniste ?

– Oui, j'ai appris... après avoir été attaquée par un requin.

Au bout de l'avenue, la plage. Florian descend de la voiture et récupère sa planche de bodyboard. Il remercie encore Chloé et lui propose de se joindre à ses amis. Elle apprécie son attention, mais elle tient vraiment à rester seule, sans le bruit des conversations, juste le sifflement du vent et le grondement des vagues. C'est son espace de méditation. Si Chloé décline l'invitation, c'est avant tout par crainte du regard de ses amis, peut-être surfeurs. Elle ne veut pas être surprise en train de piétiner dans le sable avec sa canne, ni être considérée comme une handicapée.

– Et sinon, tu repasseras au salon avec ta mère ?

– Peut-être oui.

– Ou toute seule ?

– Je ne sais pas...

Il lui fait un signe de la main. Elle le salue. Il ferme la portière mais pas assez fort, donc il la rouvre et s'excuse, en vérifiant que la ceinture de sécurité n'est pas coincée dans l'encadrement. Florian et Chloé se regardent sans rien dire. Il lui accorde un dernier sourire, elle le lui rend. Et il claque la portière, cette fois pour de bon.

Elle disparaît au loin. C'est à croire que Chloé a fait un détour pour rendre service. Il n'a pas osé lui demander son numéro. De toute façon, une femme comme elle ne s'intéressera pas à un homme comme lui. Ils ne sont pas issus du même milieu, elle est très privilégiée, son avenir à lui est encore incertain. Et puis, il faudrait qu'il fasse un peu de sport, qu'il s'épaississe, qu'il se forge une carrure comme Eddy. Ça commence par une séance de bodyboard. Florian renifle son t-shirt pour être certain de ne pas sentir le poulet fermier.

Il devient minuscule dans le rétroviseur. C'est bizarre de rester planté comme ça sur le parking. Elle n'a pas osé lui demander son numéro. De toute façon, un homme comme lui ne s'intéressera pas à une femme comme elle. Il prend la vague et glisse sur sa planche, c'est un sportif de l'extrême qu'elle ne pourra jamais suivre. Après Ludo, elle tire un trait sur ce genre de mec. Et puis sa cicatrice, maintenant qu'il l'a vue, qu'est-ce qu'il en pense ?

Chapitre 18

Chloé rentre de la plage avant le coucher de soleil. La maison est calme, personne autour la piscine, les parasites semblent s'être volatilisés. Elle appelle sa mère dans le vide pour s'en assurer. Son peignoir en satin traîne sur le canapé, il pue le patchouli et le tabac froid. Des bruits de pas venant du couloir laissent présumer que la personne en question n'a finalement pas plié bagage. Maryse entre dans le salon, échevelée comme après un tour de manège, le buste enveloppé d'une serviette en éponge. Sans aucun doute, elle sort du lit et s'efforce de masquer ses parties intimes.

– Ah, tu es là, toi ! On se demandait où tu étais passée.

Tout est contenu dans ce « Ah, tu es là, toi ! » : l'embarras, la charge, le dérangement. La mère ne se réjouit pas de la présence de sa fille qui contrecarre son plan de s'envoyer en l'air sur le canapé. « Ah, tu es là, toi ! » est ce que Maryse a dû dire quand Chloé est venue au monde, se foutant de ce que la sage-femme pouvait penser.

– Je suis rentrée à temps pour que tu ramènes ton moustachu à Dax.

– Justement, j'allais lui proposer de rester ce soir, ça t'embête ?

– Oui. Plutôt, oui.

– On dirait que ça te dérange de voir ta mère heureuse ?

– Tu ne penses qu'à ton cul.

– Et alors ? Il est beau, mon cul !

Eddy survient en plein milieu du conflit. Il a remis son vieux slip dont l'élastique bâille et sa chemisette imprégnée de sueur. Chloé salue l'effort de ne pas lui infliger à nouveau son anatomie. Ne souhaitant pas semer la zizanie entre la mère et la fille, il propose tout bonnement de s'en aller. Il parle avec ses mains, exprimant la passion qui l'anime : il travaille demain, et le dimanche soir, c'est sacré, il aime se préparer un plateau et manger devant une série télé. Maryse s'en fout.

– Je suis chez moi, j'invite qui je veux.

– Chez nous ! Et j'ai mon mot à dire. Est-ce que je t'impose des mecs, moi ?

– Ça ne me gênerait pas si tu en ramenais un à l'occasion.

– Pour que tu le dragues ?

Maryse fait de grands yeux de chatte prise dans les phares d'une voiture. Toutes les vérités ne sont pas bonnes à dire, encore moins devant son amant. Elle repousse Eddy dans le fond du couloir et lui ordonne de remettre son pantalon. Ils partent d'ici puisqu'ils ne sont pas les bienvenus.

– Ma propre fille me chasse, la chair de ma chair m'expulse. Faites des enfants et voilà comment ils vous remercient !

Personne n'empêchera Maryse Delmar de jouir de l'instant présent. Dans son baise-en-ville, elle fourre une culotte propre, une robe légère et sa trousse de maquillage. Chloé leur ouvre la porte, ravie de les voir déguerpir. Eddy la salue d'un hochement de tête en remontant sa braguette.

Après avoir refermé la porte, un sourire malicieux éclaire son visage. Elle se frotte les mains à l'idée de refourguer sa mère au toiletteur canin. Il va comprendre ce qu'il s'est mis entre les pattes. La voiture démarre mais elle n'emporte pas la rancune. Et la rancune, ça pénètre vos poumons, ça s'instille dans vos veines, ça vous tord le cœur et les boyaux. La rancune, ça ne se recrache pas, ça vous grignote de l'intérieur. Par la fenêtre, Chloé voit sa mère partir en trombe. Elle espère qu'elle perdra le contrôle du véhicule au bout du chemin et qu'elle s'encastrera dans un fossé. La vengeance est une route glissante qui zigzague à flanc de montagne. Et si jamais elle atteint la rocade, un camion-citerne pourrait lui barrer la route, ce qui provoquerait une gigantesque explosion. Sa mère mourrait dans un torrent de flammes. Ce serait magique et fabuleux.

– Non mais tu as vu comment elle me parle ?

Maryse accélère entre Soustons et Dax, elle s'énerve au volant. Eddy l'écoute d'une oreille, tout en jetant un œil au baise-en-ville jeté sur la banquette arrière. L'ancienne speakerine a vraiment l'intention de dormir chez lui. Madame s'impose. Madame prend ses aises. Madame va râler s'il ronfle toute la nuit.

– Tout ça, c'est la faute de son père ! Il l'a beaucoup trop gâtée…

Et elle parle, et elle jacasse, et elle ressasse le passé. Il espère qu'elle ne va pas le bassiner toute la soirée. Elle se plaint de Chloé, une fille à papa, égoïste et capricieuse, qui ne s'arrange pas avec le temps. Elle cause et elle saoule Eddy, qui regarde le paysage sans envie de prendre part à leurs histoires de famille. Il a assez de déboires avec la sienne. Que les femmes règlent leurs histoires entre elles.

– T'as vu comment elle boude ! Elle me croit responsable de tous ses malheurs.

– Ah bon ! dit-il pour faire bonne figure, qu'est-ce qui lui est arrivé au juste ?

– Un accident bête… Il y avait du verglas sur la route… Je conduisais, la voiture a dérapé. On a failli mourir toutes les deux.

– Vous avez fait un tête-à-queue ?

– Non ! Ça, je préfère le faire avec toi… Ah ah ah !

Elle ricane d'un rire licencieux qui en dit long sur la suite des événements. Il n'est pas près de déguster son vin rouge tranquillement devant la télé. Maryse veut du sexe et plus si affinités. Trois fois en une journée, elle va se calmer, l'ancienne speakerine ! Ça suffit de le traiter comme une *sex machine*. C'est juste un homme, pas un robot qui fonctionne sur batterie. En se retournant sur le baise-en-ville, Eddy réalise que l'objet porte bien son appellation. Il s'autorise à pousser un « humph » de lassitude.

Une heure plus tard, les deux amants se retrouvent nus au lit. Maryse allongée sur le corps d'Eddy, la tête reposant sur son torse velu :

– Tu vois mes pieds dans la glace ?

– Oui.

– Tu les trouves jolis ?

– Oui. Très.

Elle n'ose pas poser la question au sujet de ses seins. Les temps ont changé depuis l'époque où ils étaient ballottés dans les clubs libertins. Veloutés, glorieux, maîtres de leur destin. Ils font encore illusion dans son body. Si elle veut rester un objet de désir, il faudrait envisager une mammoplastie, un remodelage des pommettes, un lipofilling des fesses. Et dans la foulée, pourquoi pas un gonflement des lèvres ? Elle ressemblerait à l'épouse d'un éminent chirurgien brésilien, qui contemple la baie de Rio depuis sa terrasse et admire autant qu'elle déteste les joueuses de beach volley.

Les mains jointes derrière la tête, la peau encore chaude et moite, Eddy se relaxe. Après avoir tiré un coup, il aurait bien attaqué son plateau-télé devant la suite de *Game of Thrones*. Elle est gentille, Maryse, mais collante. Lui se sent libre de voir une femme et encore plus libre de ne pas la voir, de sélectionner les soirs, sans les rassembler la même semaine. Il lui caresse le dos du bout des doigts en regardant par la fenêtre.

– Il serait peut-être temps de rentrer, non ? suggère-t-il.

– Vilain goujat, répond-elle, tu jetterais à la rue une femme qui sollicite ton hospitalité ? Une femme prête à t'offrir son buste doré.

Elle ajoute avec un soupçon de Bardot et une certaine appréhension :

– Et mes seins, tu les trouves jolis, mes seins ?

– Très.

Maryse a obtenu la réponse souhaitée, même si Eddy n'est pas très éloquent. Il les aime tels qu'ils sont, naturels, suffisamment taquins pour l'exciter. Elle fourre son nez dans sa toison, ravie qu'il conserve son odeur sur lui, ses effluves féminins, des traces de salive séchée, comme si elle avait marqué son territoire.

– Tourne-toi, mon adoré, je vais te masser.

Les yeux mi-clos, Eddy sent bien que l'ancienne speakerine est en train de se taper l'incruste jusqu'à demain matin. Inutile de la raccompagner vers la porte, elle est mordue, raide dingue de lui. Il se soumet à ses ordres, parce que, en fin de compte, il adore être cajolé. Dans son baise-en-ville, Maryse a emporté un flacon d'huile essentielle d'ylang-ylang, enivrante et sensuelle. Son mari lui demandait souvent des massages dans la grande tradition thaïlandaise dont elle est devenue experte. Eddy met son corps à disposition. Sans allumer la lumière, elle s'assoit à califourchon sur ses fesses, appuie un pouce au bas de ses reins et remonte le long de sa colonne vertébrale. Il soupire comme un matelot dans un lupanar d'Indonésie, qui a choisi la maquerelle en charge des filles de joie, plus chevronnée, mieux qualifiée.

– Comme tu es beau, mon adoré, et de toi, je ferai ce que je voudrai…

Eddy ferme les yeux, bercé par la voix de fumeuse de l'ancienne speakerine. Elle chantonne : « Mais de toi, je ferai ce que je voudrai… » Il ne lutte ni contre ses idées ni contre ses mains savoureuses. La séance est tellement relaxante qu'il finit par s'endormir, cassant quelque peu l'ambiance érotique. Maryse se replie contre la tête de lit. Elle espérait ranimer la flamme, qu'il l'agrippe par les cheveux, lui dise des mots crus, mais au son du premier ronflement, c'est peine perdue. Dans le clair-obscur de la chambre, elle se demande combien de femmes sont venues dormir ici. Est-ce que d'autres marchent sur ses plates-bandes ? Des curistes ? Des commerçantes ? Des danseuses de bal musette ? Elle connaît suffisamment les hommes pour savoir de quoi ils sont capables. Avant que le doute ne se transforme en angoisse, elle s'allume une cigarette et fume à la fenêtre. D'un côté, elle contemple le postérieur de son amant, de l'autre, elle admire la pleine lune. Il y a tant de beauté ce soir. Elle rejette la fumée par les narines en répétant à voix basse :

– Mais de toi, je ferai ce que je voudrai.

Eddy est trop endormi pour l'entendre. Elle lui fera tatouer son prénom sur son épaule ou son avant-bras pour qu'il soit visible de toutes : Maryse Forever. Elle volera son corps et mangera son cœur. Personne ne lui fera d'ombre, car Maryse est comme la lune. Brillante, unique, intemporelle.

Chapitre 19

Le lendemain matin, Maryse quitte l'appartement de son amant en lui souhaitant une bonne journée. Elle croise un voisin dans l'escalier, qui voit défiler plein de femmes chez Eddy depuis des années. Quel tombeur, ce toiletteur ! Quel tonus ! pense-t-il en se retournant vers sa dernière conquête, super bien foutue pour son âge.

Dans les rues piétonnes, l'air est déjà chaud et sec. Maryse vadrouille dans une robe longue en viscose légère, qui volette chaque fois qu'elle passe sur une bouche d'aération. Il y en a peu à Dax, mais dans l'éventualité, ce serait du plus bel effet. *Pou pou pi dou !* Ce matin, elle a pris rendez-vous chez Séduc'Tif, car une femme du monde ne peut tolérer un brushing médiocre. Le blond vénitien s'entretient et cette exigence a un prix. À Dax, elle s'en remet à un couple d'hommes raffinés qui la couvre de fleurs. Pat et Fab sont deux coiffeurs qu'elle a connus à Paris lorsqu'ils travaillaient chez Dessange. On est toujours une star dans le cœur de ceux qui vous aiment, et en leur compagnie, Maryse se sent encore une icône du petit écran.

Dès qu'elle passe la porte, ils accourent, l'embrassent, lui font la fête, heureux de la retrouver comme à chaque séjour dans les Landes. Elle les voit peu depuis qu'ils ont quitté la capitale, mais elle reconnaît qu'ils ont meilleure mine, les cernes en moins, le teint hâlé. Maryse leur caresse les joues :

– Toujours aussi beaux ! Et dire que vous êtes homos, quel gâchis !

– Ça dépend pour qui…

Et tout le monde rit. Ils échangent des banalités sur la météo, le dérèglement climatique, cette canicule interminable, mais heureusement ils ont la climatisation sinon ce serait l'enfer. Fab aurait préféré s'installer à Biarritz mais Pat a repris ce fonds de commerce dans sa ville natale.

– Et Paris ne vous manque pas ?

– Non ! Depuis les attentats, moi je n'étais pas à l'aise. Enfin ici, c'est surtout pratique. Comme mes beaux-parents sont décédés, on a hérité de la baraque…

Sur les murs, les coiffeurs ont accroché des posters sous verre de Claudia, Naomi, Linda, Cindy, Carla et Heidi. Les top models des années 90, « mes beautés », comme dit Fab en leur envoyant un baiser de la main. Il aide Maryse à enfiler un peignoir en polyester et l'installe devant le miroir, sous le cadre de Carla Bruni. Et c'est là que le drame commence. Elle a beau se regarder tous les jours dans la glace, c'est plus criant sous les lumières du coiffeur : cachez cette ancienne speakerine que je ne saurais voir ! Maryse a eu son heure de gloire, mais son ultime passage à la télé remonte au siècle dernier. Elle doit se rappeler le bon vieux temps pour exister, car dans cette société d'images, la femme de plus de soixante ans n'intéresse plus personne. « Miroir, miroir, dis-moi qui est la plus belle ? » S'il y a bien une chose qu'elle ne supporte pas, c'est d'être réduite à une femme hors d'usage, les jambes enlisées dans le sable mouvant, une femme qui s'accroche aux branches afin de rester celle que tout le monde a connue. « Miroir, miroir, mais réponds-moi, bordel de merde ! »

Heureusement, Pat ne la met pas en concurrence avec Carla Bruni :

– Maryyyse ! Tu es splendiiide ! Le temps glisse sur toi, alors comment on les coupe ?

– Le coiffé-décoiffé, c'est ta spécialité.

– On refait un blond aux reflets dorés ou plutôt cuivrés ?

– Le genre Sharon Stone.

– OK ! Quelques mèches rebelles pour donner du volume, une forte vitalité et un esprit juvénile.

– C'est tout moi !

Sans plus attendre, Fab prend le relais. Il apporte le bol à teinture, le doseur applicateur, la palette à mèches et son pinceau oblique. Armé des outils du parfait coloriste, il s'execute devant sa cliente privilégiée et remarque chez elle un sourire de concupiscence.

– Alors, alors… il paraît que la vie est belle ?

– Depuis que je suis veuve ?

– On a entendu dire que tu voyais le toiletteur canin.

– Comment vous savez ça ?

– C'est Pat qui l'a appris par le vendeur de madeleines, qui s'est remarié avec une podologue, qui prend des cours de macramé avec une diététicienne dont le beau-frère est barman à la Musardière.

– Ah ah ah, c'est dingue !

– Faut faire attention à qui tu parles, ma belle !

– Ah ah ah, c'est fou !

Et à nouveau, tout le monde rit. Dans cette bouffée d'oxygène, Maryse est fière et flattée, car finalement, elle est heureuse d'être au centre d'un commérage valorisant son sex-appeal. Non seulement elle reste une figure célèbre, mais également une femme désirable et séductrice, venue se faire couper les cheveux à l'endroit qui porte bien son nom : Séduc'Tif.

– On pensait qu'il était homo, le toiletteur.

– Non, pas du tout !

– Ça doit être la moustache qui donne un genre.

– Vous voyez des homos partout, ah ah ah !

Et tout le monde se fend la pêche avec la tête en arrière, pour bien montrer qu'on est joyeux même de l'intérieur.

– Allez dis-nous, c'est un bon coup, le toiletteur canin ? Tu peux tout nous raconter, ça ne sortira pas d'ici…

Les journées de Maryse sont toujours orientées vers le bien-être. Après le coiffeur et l'esthéticienne, elle a dévoré une salade d'avocat-crevettes en terrasse, puis elle a occupé son temps libre avec du shopping et la lecture de magazines. « *Comment conserver son summer body après l'été ?* » Question existentielle dans laquelle elle s'est plongée, assise à l'ombre sur un banc des berges de l'Adour. Elle n'avait pas envie de rentrer à Soustons et de retrouver sa fille boudant sur un transat. Sa fille peignant une toile dans un silence monacal. Sa fille et son jugement étriqué. En fin d'après-midi, elle longe les arcades des halles, fière d'un brushing légendaire et d'une coloration hollywoodienne. Elle rôde jusqu'au salon d'Eddy et l'aperçoit en train de brosser un cocker marron. Comme il est mignon et méticuleux avec l'oreille du chien dans une main, le peigne à dents dans l'autre. Lorsqu'elle frappe au carreau de la vitrine, les deux relèvent la tête dans sa direction. Le cocker remue la queue, Eddy se statufie. Maryse ouvre la porte et lui dit :

– À ce soir, mon adoré, tu auras droit à un massage.

Son fard à paupières bleu nuit lui assure un regard intense. Eddy reste digne et modéré, sans aligner un chapelet d'injures qui lui feraient un bien fou : « putain », « merde », « fait chier ! ». Il essaie de trouver une excuse en rapport avec le sport : un concours de pompes sur un bras ou un record à battre de lancer de marteau, mais les idées ne fusent pas, bloquées par l'effet de surprise. Madame occupe le terrain. Madame se rend incontournable. Madame prend goût à s'inviter tous les soirs. Ce n'est pas demain la veille qu'il verra la suite des épisodes de *Game of Thrones*.

Chapitre 20

Les jours suivants donnent raison à Eddy. L'ancienne speakerine va et vient entre Soustons et Dax, entre sa maison de campagne et l'appartement du toiletteur. Sitôt arrivée chez lui, Maryse occupe la scène.

Pour une démonstration de danse du ventre le mardi :

– J'ai appris dans un riad au Maroc.

De sirtaki le mercredi :

– J'ai appris au cours d'une croisière en Grèce.

De tarentelle le jeudi :

– J'ai appris dans un palace en Italie.

Face à l'ancienne speakerine sautillant sur le parquet, il est soulagé de ne pas avoir de voisins en dessous, juste un salon de toilettage vide. Tous les soirs, Eddy est spectateur de Maryse, il la subit comme un programme de télé répétitif et redondant. S'il n'y avait que la danse, ce serait une simple formalité, mais il y a le sexe aussi. Madame se l'approprie. Madame en fait sa chose. Madame lui pompe son énergie.

Arrivé le vendredi soir, Eddy trouve son salut grâce à un couple d'homosexuels. Il n'y aurait jamais cru. Les deux coiffeurs emmènent la reine des speakerines dîner à la Grande Brasserie de l'Atrium, dans une magnifique salle à l'architecture Art déco qui évoque les Années folles. Maryse propose à son amant de l'accompagner, Pat et Fab ont tellement envie de le rencontrer, toutefois Eddy se montre réticent. Lui, les Années folles, il s'en tape le slip. Non seulement il redoute de se faire draguer à outrance, mais en plus, il est épuisé par la semaine de boulot. Elle insiste, jouant sur la corde sensible de la veuve isolée en société, mais c'est perdu d'avance. Si l'humain est un être social, Eddy fuit les interactions, une fois le salon fermé. Une petite soirée tranquille avec son plateau-télé lui sera bénéfique.

– Tu vas reprendre du poil de la bête.

– Voilà… c'est ça…

– On se sépare pour mieux se retrouver, mon adoré.

Eddy ressent l'urgence de savourer cet instant de délivrance, car ensuite, Maryse reviendra à la charge avec son baise-en-ville et piétinera son espace de liberté. Il n'imagine pas que la pause sera de courte durée.

Vingt-trois heures. Eddy enchaîne les épisodes de *Game of Thrones* et termine la bouteille de vin rouge. La dernière goutte tombe dans le verre lorsque quelqu'un sonne à la porte. « Mince, qui c'est ? » se demande-t-il en pensant à son voisin qui serait peut-être dérangé par le son des enceintes. Il baisse le volume du caisson de basse et regarde par l'œilleton. Devant sa porte, l'ancienne speakerine fait le pied de grue. Il ne bouge plus, ne respire plus. La soirée tranquille incluait la nuit, il ne s'attendait pas qu'elle rapplique chez lui si rapidement. Son visage est déformé dans le viseur, arrondi comme un pamplemousse, sa coupe de cheveux éclatée, ses pupilles dilatées presque dévorantes. On dirait une extraterrestre débarquée sur Terre pour s'accoupler. Elle sonne à nouveau. Derrière la porte, Maryse a entendu des pas et des bruits d'explosion. Son adoré est en train de regarder la télévision.

– Eddy ! Ouvre-moi, je sais que tu es là !

Il lance un regard noir à ses enceintes qui trahissent sa présence. C'est indécent de faire le mort, mais c'est plausible de faire semblant de dormir sur le canapé. Elle croira à cette version si elle exige une explication demain au téléphone. Maryse frappe à la porte et s'énerve de plus belle en tapant avec son escarpin.

– Eddy ! Ouvre-moi, bordel !

Il finit par céder, avant qu'elle ne réveille les voisins, et s'excuse en prétextant d'avoir piqué un roupillon. Il s'étire, simule un bâillement. Maryse le dévisage, furieuse d'être mise en attente sur un palier sombre et inhospitalier. Est-ce qu'il était occupé avec une autre femme ? Elle monte sur la pointe des pieds et cherche une silhouette nue derrière lui. Personne à l'horizon.

– Tu ne me laisses pas entrer ?

– C'est-à-dire que j'allais me coucher…

– Très bien, allons-y…

– Non, pas ce soir.

Quand un homme vous refuse l'accès à son lit, c'est que la place est déjà prise. Qui se prélasse dedans ?

– Tu n'es pas seul ?

– Si !

– Arrête de mentir, Eddy, ou mens-moi mieux que ça…

Elle pose la main dans l'encadrement de la porte. Il n'osera pas la refermer au risque de la blesser. Elle s'avance d'un pas, puis de deux, pour vérifier qu'aucune femme ne se promène en culotte chez son amant. Eddy recule, écarte les bras et ouvre ses paumes, désarmé, impuissant à canaliser cette jalousie naissante. Maryse s'introduit dans toutes les pièces, vérifie la température des draps, ouvre la penderie, jette un œil dans la salle de bains. Parfois les femmes se cachent sous le lit. Là, personne.

Elle retourne dans le salon, éteint le bruit dévastateur de la télévision et s'approche de son amant.

– Embrasse-moi, ordonne-t-elle.

– Je croyais que tu rentrais à Soustons après le resto…

– Tu me manquais trop, lâche-t-elle dans un soupir lubrique.

Elle le saisit par la chaîne en or qu'elle lui a offerte. Un cadeau précieux, rappelant combien elle ne se moque pas de lui, elle apprécierait qu'il en soit reconnaissant. Eddy ne prononce plus un mot, livré à la merci de l'ancienne speakerine. Elle l'enchaîne. Elle le domestique. Elle se frotte à sa cuisse dans un déhanché langoureux, et sans lui demander son avis, elle annonce le programme de ce vendredi :

– Dansons la lambada. J'ai appris à Rio de Janeiro.

Eddy fixe la bouteille vide posée sur la table basse. Un reflux gastrique lui brûle l'estomac. Il n'aurait pas dû finir le vin rouge d'un trait.

Chapitre 21

Il y a un temps pour le sexe et la danse, et un temps pour la beuverie. Le lendemain, Eddy a pris les devants pour calmer les ardeurs de Maryse. Ce soir, c'est sacré, les femmes ne sont pas invitées à la sortie entre copains aux fêtes d'Amou. L'esprit de Maryse vagabonde en imaginant tous ces hommes lancés sur le parcours du combattant pour parvenir à choper la dernière canette de bière. Eddy la met en garde : ce concentré de testostérone est émoustillant pour elle mais il peut se révéler lourdaud, passé une certaine heure. Maryse consent à le libérer pour la soirée. Elle se retranchera sur son canapé devant une rediffusion de *Angélique, marquise des anges*.

Dans les Landes, les fêtes de village s'égrènent tout au long de l'été. Les gens se réunissent pour boire et chanter sous les tonnelles. Ils se croisent, s'interpellent, s'entraînent vers des comptoirs où l'anisette est servie avec des glaçons. Eddy a semé sa bande du CrossFit dans les ruelles d'Amou. Certains sont rentrés avant d'avoir atteint un taux d'alcoolémie innommable, d'autres sont en train de vomir contre un tronc d'arbre. Lui, il éponge l'alcool en croquant dans un sandwich à la merguez.

La saucisse fond entre ses molaires et libère un goût épicé. La nuit est chaude, elle décuple l'excitation et les débordements.

Au parc des Arènes, une musique d'orchestre retentit : une trompette, un accordéon, des percussions. Eddy rejoint la foule qui se dandine sous des guirlandes d'ampoules multicolores. Parmi les danseurs, il distingue madame Guillou joue contre joue avec son mari, l'ex-brigadier chef. Elle a l'air d'être très heureuse, pourtant le jour où elle est montée chez lui, elle a témoigné du contraire. Un coup de canif dans le contrat et ça repart. Eddy s'enorgueillit de provoquer ce genre de réconciliation. Une forme de sexothérapie. Il se donne une contenance, tape du pied en se retournant vers l'orchestre. Et là, c'est l'angoisse : il aperçoit Chloé sur l'estrade. La musicienne est toujours assise avec son accordéon, la canne à portée de main.

– Merde ! s'exclame-t-il, d'un cri venant du cœur.

Si la fille est là, la mère n'est pas loin. Il se tasse dans la foule, la tête rentrée dans les épaules, tente de passer inaperçu. Il a mis l'ancienne speakerine en pause, ce n'est pas pour lui rouler des pelles à cette guinguette. Elle finirait encore par monopoliser son corps toute la nuit. Sans délai, il se faufile entre les couples, évite le regard de monsieur et madame Guillou, bouscule deux ou trois danseurs au passage et s'échappe du parc des Arènes.

Chloé l'a vu, le moustachu, elle est certaine de l'avoir reconnu. Toujours avec une chemisette entrouverte, à rayures cette fois, on dirait un bagnard. Depuis sa chaise, elle le suit des yeux à travers la foule. Quel con ! pense-t-elle, pourquoi s'enfuit-il comme un voleur ? C'est l'occasion de lui parler, ici et maintenant. L'opportunité d'être seule en sa compagnie est rare, puisque sa mère ne le lâche jamais, autant en profiter. Elle fait les gros yeux au leader du groupe pour réclamer une pause, mais lui ne se rend compte de rien, habité par son riff de guitare inspiré de ZZ Top. Bientôt viendra le moment des slows, Chloé aura une fenêtre de tir pour s'éclipser. Elle posera son accordéon, recherchera Eddy dans le village et le retrouvera sûrement au comptoir d'une buvette, il a un physique à boire beaucoup de bière. Si elle parvient à l'amadouer, ce toiletteur canin deviendra son meilleur allié.

Eddy tourne en rond. Il a bu quelques bières sans alcool, au goût de pisse, mais qui permettent de rester négatif à l'éthylotest. La nuit est toujours aussi chaude, elle retient les corps à l'extérieur, pourtant il est temps de rentrer. Il bifurque vers le parking avec une drôle d'impression : il se sent suivi. Ce n'est pas une ombre qui le pourchasse mais des bruits de pas écrasés sur le gravier. Il avance sans se retourner, ne cherche pas à vérifier l'identité de son suiveur ou de sa suiveuse, de crainte que monsieur Guillou lui remette une rouste ou que Maryse lui saute au cou. Sous un lampadaire, il aperçoit son Alfa Romeo, cherche ses clés, appuie sur le bip. Sa voiture clignote. Encore quelques mètres et il mettra le turbo pour rentrer à Dax. Une voix l'interpelle dans la nuit :

– Eddy ! Attends ! Ça fait un moment que je te suis, Eddy !

Chloé est passée au tutoiement de façon unilatérale. Elle clopine tant bien que mal pour le rattraper, appuyée sur sa canne, la respiration haletante. Une bonne foulée devient une course pour elle. Le moustachu ne fait aucun effort pour ralentir, un homme comme lui ne se retourne pas sur une fille comme elle. Chloé accroche le gravier mais persévère dans sa course. Elle l'intercepte avant qu'il ne monte dans son bolide. Eddy se retourne et panique en ouvrant la portière :

– Ta mère est là ?

– Non ! Justement. Faut que je te parle.

Une sueur chaude perle sur son front. Elle rattache ses cheveux blonds avec un élastique. Sa chemise flottante est déboutonnée jusqu'à l'apparition d'un soutien-gorge en dentelle jaune. Qu'est-ce qu'elle me veut ? pense Eddy, elle est jolie l'accordéoniste, mais trop jeune pour moi, et aucune envie de baiser sur un parking. Sa réputation de bombe sexuelle le dépasse. Il vit les émotions d'un crooner à la sortie d'un concert, harcelé par une horde de minettes au bord de l'implosion hormonale. Il y a un temps pour le sexe et la danse, un autre pour la beuverie, et encore un dernier pour regagner son lit. Eddy est claqué par le boulot et la chaleur interminable, il apprécierait de rentrer chez lui tranquillement. Chloé le retient un instant :

– Qu'est-ce que tu lui trouves à ma mère ?

– Disons qu'elle est charmante.

– Elle a surtout du fric. C'est ça qui te fait bander ? Le pognon ?

Il lui répond par un froncement de sourcils. La fille ne mâche pas ses mots. Au lieu de s'intéresser à la vie sexuelle de sa mère, elle ferait mieux de se trouver un mec, de déménager avec lui dans un pavillon des Hauts-de-Seine et de le tromper avec le jardinier du parc de Saint-Cloud. Son papa serait fier d'elle. Rentière et infidèle, ainsi va la vie d'une bourgeoise insoumise.

– Moi aussi j'ai de l'argent, ajoute-t-elle, sans réel effet de surprise.

Eddy roule des yeux. Qu'est-ce qu'elle croit, la gamine ? Il n'est pas le genre de bonhomme à se laisser déboussoler par la première névrosée qui claque des doigts.

– Écoute, t'es mignonne mais pas mon style de meuf, alors va jouer ailleurs.

– Tu crois que toutes les femmes sont folles de toi ?

– La plupart, oui…

Chloé toussote. La faute aux pollens de graminées, ou plutôt la certitude que ce moustachu est un macho pourri jusqu'à l'os. Selon elle, Eddy est un rapace, dont l'ombre plane au-dessus des retraitées friquées. Et encore, le rapace est un oiseau trop noble. Lui, c'est davantage un corniaud, léchant les mollets des dames âgées avant de bouffer dans leurs assiettes. Il ignore tout de sa mère et ne voit que ce qui l'intéresse. Alors Chloé lui éclaire les idées et lâche cette phrase qui tombe comme un couperet :

– Ma mère a tué mon père.

Eddy se fige devant la portière de sa voiture.

– Elle ne l'a pas assassiné de sang-froid, elle l'a laissé mourir à petit feu.

Chloé déballe tout : Paris, le business, l'alcool, la drogue et le sexe. Le mélange explosif qui a envoyé plus d'une rock star au ciel. Dans le monde des médias, Jean-Paul Delmar, c'était un peu Elvis. Il n'en avait pas le déhanché mais le charisme, et un succès à la télé indétrônable. Les contrats pleuvaient, l'argent tombait. Il s'affichait dans les endroits les plus huppés comme les plus sulfureux.

– On racontait que mon père prenait des produits illicites et rajoutait de la vodka sans glace. Et ma mère n'a rien entrepris pour limiter les dégâts. Elle continuait d'être l'épouse d'un producteur de télé et d'utiliser sa carte bancaire. Tant que le code fonctionnait, rien ne la tracassait. Elle pardonnait ses excès, le laissant creuser sa tombe dans la poudre blanche, sachant pertinemment qu'elle finirait veuve et gagnante du gros lot.

Une curiosité morbide cloue Eddy sur le parking, la même qui incite à lire les faits divers dans les journaux. Maryse et sa fille sont les deux seules bénéficiaires de l'héritage : des revenus locatifs, un plan d'épargne en actions, le capital de l'assurance vie, la maison à Soustons, l'appartement à Paris. Tout ce trésor leur appartient. Aucune ne peut prendre de décision sans l'accord de l'autre. C'est la raison pour laquelle elles partagent les lieux malgré les querelles, les coups bas et les blessures. Depuis l'accident, Chloé est en état de choc. Traumatisée d'avoir une mère irresponsable, qui prend le volant complètement bourrée avec sa fille assise à côté. Son visage est mangé d'ombre, son regard fixe. Elle inspire profondément, et le sang lui monte à la tête.

– Débarrasse-moi d'elle.

– Quoi ?

– Débarrasse-moi d'elle !

Après quelques secondes d'un silence absolu, Eddy se met à rire. À rire et rire encore. Un rire gras qui effraie les oiseaux nocturnes, les mulots et les grillons. Chloé ne lui a pas couru après pour plaisanter :

– Je te filerai beaucoup d'argent en échange.

– Non mais t'es sérieuse ?

Chloé a cette expression désaxée, encore jamais observée chez elle, un regard de tueuse en série avant de passer à l'acte.

Rien ne peut l'arrêter, elle tranche dans le vif. Les mots sortent précipitamment comme si elle les avait contenus trop longtemps. Elle ne cite pas de date mais parle du passé comme du présent, relate la nuit de l'accident, donne à Eddy des éléments pour croire que sa mission serait réparatrice et salutaire. Sa mère est une femme égoïste, barbare et humiliante, qui lui renvoie chaque jour son invalidité à la figure.

– Elle a aussi dragué mon premier copain et couché avec lui.

– Hein ?

– Elle ne s'est pas vantée de ça ?

– Non… Pas encore.

– C'est une nymphomane. Une ordure. Une suceuse de bites.

Dans la tête d'Eddy, des visages de mères se superposent. Des désœuvrées, des grincheuses, des alcooliques qui défoncent leur voiture dans le fossé, des ouvrières harassées qui étranglent des chiots. Des mères aux antipodes de celles qui allaitent leur enfant et l'enserrent dans leurs bras rassurants, qui donnent leur amour de façon inconditionnelle et démesurée. Eddy sait combien toutes les mères ne sont pas faciles à vivre, et dans un sens, il se reconnaît à travers Chloé, ses angoisses et ses colères. Quand les enfants de monstres parviennent à se rencontrer, leurs souffrances communes les persuadent d'agir pour le bien de la communauté.

– Je t'offre ma maison de Soustons si tu la butes.

– Si je la quoi ?

Chloé a conscience de proposer un marché risqué. Eddy est ahuri, un pied sur le parking, l'autre dans la voiture. C'est la première fois qu'une femme le sollicite pour autre chose que du toilettage ou du sexe.

– En échange, tu seras millionnaire.

Il monte dans son Alfa Romeo et claque la portière. Chloé tape à la vitre en le suppliant :

– Une donation, voilà ce que je te propose. Ma maison vaut un million. Réfléchis bien !

Il démarre, recule, manque de s'emplafonner dans la voiture garée derrière. Chloé reste plantée sous le lampadaire, appuyée sur sa canne, quelques moustiques lui tournent autour. Dans le rétroviseur, la vision d'Eddy vaut un film d'épouvante. L'accordéoniste a l'air d'un zombie, avide de chair humaine pour survivre.

Chapitre 22

« Qu'est-ce que je ferais d'un million ? » Eddy se pose la question.

C'est le rêve de n'importe quelle personne qui se détruit les lombaires sur l'autel du grand capitalisme. Son père a dû évoquer l'idée au volant de son camion. Sa mère également, devant les chaudières thermiques de l'industrie textile. Des parents aux cervicales tassées qui n'auraient pas dédaigné recevoir un million pour dire merde à leur patron. Lui, il n'est le sous-fifre de personne, il est son propre chef. « À qui je pourrais dire merde ? » Eddy s'interroge en démêlant les nœuds d'un bichon. Il aime son métier, mais aliéner sa liberté au profit des petits chiens à poils frisés n'est pas le but ultime de son existence. Surtout si le départ à la retraite est sans cesse reculé. « Alors qu'est-ce que je ferais d'un million ? » Il laisserait tomber brosse, séchoir, tondeuse et ciseaux. Il quitterait Dax pour vivre sur un bateau, sauter nu dans la mer des Caraïbes, manger du barracuda assaisonné d'un zeste de citron. « Finalement, un million est toujours bon à prendre », songe-t-il en taillant le surplus de poils autour des yeux du bichon.

Chloé lui est apparue enragée hier soir. Si la mère a failli tuer sa fille, désormais la fille veut tuer sa mère. Elles n'ont qu'à se trucider sur les tomettes de leur maison de campagne, devant le vaisselier en merisier massif de style Louis-Philippe. Lui ne veut pas s'en mêler.

Au sol, le stagiaire s'occupe du husky de madame Blanchard. C'est un sujet d'école pour lui, car les vieux chiens sourds et aveugles supportent mal la table de toilettage, donc on s'adapte à eux et on s'accroupit pour travailler. Eddy le répète souvent : « Le toilettage est un engagement du corps et de l'esprit. »

Le husky tient à peine sur ses pattes tremblantes. Son pelage blanc est devenu gris avec l'âge. Ses yeux bleus romantiques sont rongés par la cataracte. Son museau fin penche en avant comme s'il était sur le point de s'endormir. Puis, sans émettre le moindre couinement, il s'écroule sur le carrelage, la langue pendante sur le côté. Florian lui pince la patte pour le réveiller, le chien reste inerte.

– Merde ! Je crois que Gorbatchev est décédé.

– Quoi ?

– Il ne bouge plus.

– Qu'est-ce que t'as foutu ?

– Il est raide mort.

Eddy lâche le bichon pour secourir le husky. Il lui tapote l'abdomen, le secoue vivement, mais l'animal ne réagit pas. Les yeux fermés, la truffe sèche, Gorbatchev ne respire plus. Un bon toiletteur canin est formé au massage cardiaque, c'est le moment de le montrer au stagiaire. Eddy retourne le chien sur le côté droit et place ses mains sur le thorax. S'ensuit une série de compressions énergiques au-dessus du cœur. À côté de lui, Florian est désemparé, se sentant responsable du malaise. On va lui reprocher d'avoir trop forcé sur le shampoing, il aura un mauvais rapport de stage et sera interdit d'examen. Ses espoirs de devenir toiletteur canin sont foutus. Il pense à madame Blanchard et à toutes les femmes qui lui confient leur compagnon à quatre pattes. Elles pousseraient un cri d'horreur si elles assistaient à la scène. Eddy serre la gueule de la bête et lui administre deux insufflations dans le museau. Le poitrail se gonfle légèrement, mais le chien ne montre aucun signe de vie. Il continue la pompe thoracique en comptant jusqu'à trente. Il tient bon, il garde le rythme, il parle au husky :

– Allez, pépère, reste avec nous…

Gorbatchev a rendu l'âme.

Agenouillé sur le carrelage, Florian esquisse un signe de croix. Madame Blanchard lui a amené son chien et il va lui rendre un cadavre. Eddy lui ordonne de foutre le camp.

– Non ! Je dois m'excuser.

– À quoi bon ? Ça va pas le ressusciter !

– C'est une question de respect.

– Respect d'mes couilles ! Si elle apprend que j'ai confié son clébard à un stagiaire, elle va me coller un procès.

Il ne souhaite courir aucun risque et prend toute la responsabilité. On vit dans une société procédurière, il faut ménager le mécontentement du client, lui éviter toute possibilité de réclamation. Il mentira et racontera comment il s'en est occupé, lui le patron du salon, lui le toiletteur expérimenté. Quand il relatera l'événement, madame Blanchard ne remettra pas sa parole en doute, elle acceptera le décès dû à la vieillesse. Vu l'âge avancé du husky, c'était inévitable.

– Reste pas planté là ! Prends tes affaires et casse-toi !

Il l'encourage à se saouler à la bière pour oublier l'incident et à revenir le lendemain en pleine forme. En attendant, il va mettre Gorbatchev dans un sac-poubelle et terminer le bichon.

Une heure plus tard, madame Blanchard passe la porte du salon. Un serre-tête retient ses cheveux en arrière, un collier de perles orne son cou. Son sourire est incertain devant l'air contrit d'Eddy. Lui qui est si débonnaire, si commerçant, il ne l'a jamais habituée à une telle morosité.

– J'ai une mauvaise nouvelle à vous annoncer, lui dit-il de sa voix éraillée.

Les gestes se passent de mots. Dans ses bras, il porte un sac en plastique contenant la dépouille du chien. Il ajoute qu'il est désolé, qu'il a tenté un massage cardiaque, mais Gorbatchev est parti au ciel, c'est déjà un ange. Il a rendu son dernier souffle dans un salon de beauté, une manière de s'éclipser avec panache.

– Mieux vaut mourir ici qu'écrasé sur la route, non ?

Le menton de madame Blanchard se crispe avant qu'elle ne fonde en larmes. La bouche grande ouverte, elle lâche de lourds sanglots en se retenant au comptoir. Elle avait un étrange pressentiment, ce matin, elle savait que ce serait le dernier jour de Gorbatchev. C'était le chien de son époux, colonel dans l'armée de terre. Il admirait le chef d'État soviétique donc il lui avait donné ce nom. Ce n'était pas terrible pour un husky, elle en convient, mais elle n'avait pas osé contrarier son mari. Gorbatchev était tout ce qui restait de lui. Maintenant, elle se retrouve seule, si seule dans une trop grande maison.

– Eh bien non ! lui répond Eddy. Vous n'êtes pas seule, car je suis là.

Il pose une main réconfortante sur l'épaule de sa cliente. Elle se mouche discrètement, la tête sur le côté, en le remerciant de sa bienveillance. Tous les toiletteurs canins ne font pas preuve d'autant de mansuétude. Si elle ose lui demander une faveur, sans désorganiser sa soirée, ce serait d'enterrer Gorbatchev dans le jardin, au pied du chêne que son mari avait planté. Eddy accepte volontiers.

– Allons-y de ce pas, madame Blanchard, le temps de fermer la boutique.

Elle habite une maison de maître à l'orée du centre-ville. Son mari avait eu un coup de cœur pour cette demeure en arrivant à Dax, alors qu'il était nommé au commandement de l'école de l'aviation légère de l'armée de terre. Derrière la grille en fer forgé, la bâtisse est construite en pierre de taille et ornée d'imposantes fenêtres symétriques. Eddy suit la veuve du colonel sur les marches du perron en portant le chien mort.

Elle le précède dans l'entrée, s'excuse au préalable du désordre. Eddy ne constate rien qui dépasse. Ils traversent la salle à manger, où trône une superbe cheminée en marbre. La photo du colonel Blanchard avec son képi est encadrée au-dessus. Il souffrait d'un léger strabisme. La veuve ouvre une grande porte vitrée qui donne sur un vaste jardin. Le grand chêne se dresse devant eux. Elle indique à Eddy où trouver une pelle dans le cabanon. Le toiletteur-fossoyeur ne perd pas de temps et s'exécute avant que le cadavre attire les mouches.

Il creuse un trou, dépense quelques litres de sueur, puis dépose le sac-poubelle et le recouvre de terre. Au pied de l'arbre, madame Blanchard se recueille en joignant les mains. Avec la mort de Gorbatchev, c'est une époque qui se termine, un pan de sa vie enterré dans cet espace vert. Elle essuie une larme au coin de l'œil, chancelle sur ses jambes. Eddy n'ose pas la toucher de ses mains sales mais il lui offre ses bras pour la retenir. Elle se réfugie contre lui, trouve qu'il sent la transpiration et le chien. Ce relent nauséabond évoque la rude épreuve, l'effort incommensurable, la gloire méritée. Sous le grand chêne, elle a envie d'envoyer valser les conventions, de lâcher prise, d'être celle qu'elle s'est toujours interdit d'être. La présence d'un homme robuste et vaillant lui avait tellement manqué. Eddy transpire la masculinité protectrice, elle dépose un baiser dans son cou pour le remercier. Lui est embarrassé, car à cette heure de la journée, son déodorant l'a lâché.

– Excusez-moi, madame Blanchard, il fait une chaleur de bête.

– Oh, je vous en prie… appelez-moi Béatrice.

Eddy est stupéfait de ce qui se produit sous le chêne. Est-ce la pulsion d'une femme esseulée ou sa façon de surmonter le deuil ? Ses paupières s'abaissent de façon très sensuelle, sa bouche entrouverte réclame la sienne. Il l'enlace et l'embrasse contre le tronc d'arbre. Béatrice est aux anges. Cet homme trapu et transpirant l'entraîne en zone inconnue, où elle ne se reconnaît pas mais se révèle. Qu'il offense sa pudeur. Qu'il ne se retienne pas. Elle le supplie de lui faire l'amour comme si elle avait seize ans.

– Je suis une vilaine fille, dit-elle en retirant son serre-tête.

Le toiletteur canin baisse son short et son slip, mais elle n'ose pas regarder ses parties intimes. Oubliant la perfection de la tenue et de la posture, elle s'allonge dans l'herbe, soulève sa longue jupe plissée, retire sa culotte et se laisse pénétrer par cet homme qu'elle connaît peu. Peut-être commet-elle une grosse bêtise mais elle s'est toujours empêchée d'en faire. Cet acte de désobéissance chamboule son corps et son âme. Jamais elle n'aurait imaginé avoir une relation sexuelle en pleine nature avec ce genre d'homme malodorant, brusque et empressé, qui ne s'encombre d'aucun préliminaire.

Béatrice se laisse aller autant que possible, mais elle ne ressent pas vraiment de plaisir. Ce n'est pas aussi bien qu'elle l'aurait imaginé. Eddy a l'air joyeux, imbriqué en elle, entrant et sortant son sexe d'un air vainqueur. Elle suppose qu'elle pourrait mourir étouffée sous sa masse corporelle et sa puanteur. Dans l'herbe, des brindilles lui griffent le dos et rendent la position inconfortable.

Les jambes écartées, elle a hâte que ça se termine. Ses mains s'accrochent à la terre où Gorbatchev est enterré. Elle pense au chien et à son mari qui la surveillent depuis là-haut. Son regard se perd dans le feuillage du grand chêne. Elle est désolée :

– Je suis une vilaine fille !

– Oh oui ! Très vilaine…

Chapitre 23

Chaque été à Dax, des milliers de curistes se croisent dans les bains thermaux, se jettent des œillades à la dérobée, secouent leurs bras et leurs jambes mais pas de façon synchrone. Après avoir nagé à contre-courant, Maryse enfile ses claquettes antidérapantes, marche sur le carrelage de la piscine comme Carla Bruni au défilé Paco Rabanne et entre dans le hammam pour terminer sa matinée détente. La chaleur humide l'alanguit, ses mouvements sont au ralenti, de l'eau ruisselle le long de ses jambes. Elle s'assoit sur le banc en marbre et ferme les yeux, cherchant le repos malgré deux femmes qui jacassent dans le fond :

– Paraît que Béatrice Blanchard s'est tapé le toiletteur canin.

– Qui ?

– La veuve du colonel.

– Non ?

– Si !

– Mais quand ?

– Avant-hier.

– Roooh ! Elle cache bien son jeu.

Maryse se pétrifie sur le banc de pierre. Dans ce même établissement, on l'avait pourtant prévenue : Eddy n'appartient à personne. On fait sa p'tite affaire et hop hop hop ! On le refile à la copine. Elle pensait bêtement qu'il ne la remplacerait pas si vite et ferait d'elle sa reine de l'été. Eddy n'en a rien à foutre d'une ancienne speakerine.

Les rumeurs vont bon train et les confidences fuitent, même en dehors des salons de coiffure. Existe-t-il une gazette des histoires de coucherie à Dax ? Madame Blanchard a eu le tort de livrer son secret à une amie d'enfance, qui l'a révélé à sa fille, qui l'a répété à son mari car elle trouve génial qu'on baise toujours après soixante ans, et lui en a parlé à son chef de chantier, qui a balancé l'info à sa mère, la pipelette du hammam, qui a été au collège Saint-Joseph avec Béatrice Blanchard. En trois jours, la couleur du ciel n'a pas changé, le vent ne s'est pas levé, mais l'information a fait le tour de Dax et de son agglomération. Le toiletteur est un chaud lapin et la veuve du colonel une grosse cochonne. Tout le monde le sait.

– Paraît même qu'elle a enterré son chien le même jour.

– Non ?

– Puisque j'vous l'dis !

Maryse n'arrivera pas à se détendre dans les vapeurs d'eau chaude avec ces deux commères. Elle ressort du hammam en claquant la porte, tirant de leur léthargie quelques curistes qui barbotent dans la piscine. Une employée des thermes accourt pour lui apporter un peignoir, mais elle le refuse et le jette par terre, comme une Carla Bruni contrariée refusant de porter une blouse en mousseline de soie. Un rien l'agresse. Mieux vaut que tout le monde recule. Elle ne supporte plus l'amabilité du personnel ni la nonchalance des vieux.

Sous la voûte humide, elle se met à gueuler :

– Allez vous faire foutre !

– Est-ce que tout va bien, madame Delmar ?

– Je vous emmerde !

L'employée des thermes ne lui en tient pas rigueur, car elle est un peu farfelue, la mère Delmar, un peu maniaco-dépressive. Elle parle salement aux gens, elle se tripote sous la douche. Dans son cas, une cure thermale n'est pas suffisante.

Maryse retourne aux vestiaires, les poings sur les hanches. Fini Carla Bruni, place à Calamity Jane. Avant d'être mise définitivement au rebut, elle téléphonera au croupier du casino sinon au prof de golf. Il y a bien un homme libre disposé à lui faire l'amour. Du sexe, voilà le meilleur remède pour tirer un trait sur Eddy. Il va mordre la poussière et la regretter, parce qu'il a beau faire le joli cœur devant la première rombière venue, elle est la meilleure chose qui lui soit arrivée dans cette bourgade.

Maryse parvient à s'en convaincre.

Chapitre 24

– Les hommes sont terriblement décevants, vous savez ?

Maryse se lamente auprès de la jeune pharmacienne, qui lui vend des pansements contre les ampoules aux pieds.

– Ils ont toujours une bonne raison de se défiler. En revanche, dès qu'ils appellent, faut débouler chez eux, être indulgente et épilée.

Elle lui raconte ses malheurs, comment elle a erré dans le centre-ville toute la journée, puisque ni le croupier du casino ni le prof de golf ne sont disponibles. Qu'est-ce qu'ils ont de si urgent à faire ? Une partie de belote avec leurs copains ? Une journée à la plage avec leurs gamins ?

– Tôt ou tard, les hommes vous abandonnent comme une merde. Méfiez-vous, mademoiselle !

La jeune pharmacienne acquiesce en silence, comprenant que cette dame est en pleine dépression. Elle a dû être très belle. Elle l'est encore aujourd'hui, d'une grande exigence envers son apparence, accrochée au reliquat du prestige.

– J'étais speakerine dans les années 80, vous vous souvenez de moi ?

La jeune pharmacienne est confuse car elle n'était pas née. Ses parents la reconnaîtraient peut-être ? Elle lui offre un échantillon de crème adoucissante pour les pieds, une manière de rester charitable. Maryse repart avec ses lunettes de soleil sur le nez et des pansements aux chevilles. Rien qui soulage son ego.

Place de la Cathédrale, elle s'installe en terrasse d'une brasserie et commande un verre de vin blanc. Le manque se fait sentir, féroce, intense, accentué par une chaleur tenace. Elle garde cet air détaché en observant des amoureux rentrer de la plage, des familles tracter des poussettes, des gens afficher un bonheur rayonnant, et avec qui elle n'a aucune affinité. Elle arrête la serveuse et lui réclame un second verre par réflexe. Un seul n'est jamais suffisant, les quantités sont dérisoires. Toute l'attention est portée sur le verre à venir, la source de bien-être. Au troisième, elle ose aborder un couple de vacanciers assis à la table d'à côté. Elle se plaint de la température du vin blanc qui n'est pas assez fraîche, quelques glaçons auraient fait la différence, du service minable dans cette brasserie, il y a de meilleures adresses vers la côte. Les touristes viennent des Pays-Bas et ne parlent pas français, mais comprennent globalement que cette dame n'est pas contente. Ils hochent la tête en répétant :

– *Yes indeed!*

Ils trouvent génial de rencontrer des râleurs, même en dehors de Paris. C'est culturel, c'est folklorique, c'est la France. Maryse allume une cigarette et leur souhaite de visiter Biarritz, car c'est une ville somptueuse, pas loin d'ici, avec un front de mer exceptionnel. Les Néerlandais lui sourient en répétant :

– *Yes indeed...*

Elle pose un billet sur la table et leur dit en partant :

– J'étais speakerine dans les années 80. *Do you know* speakerine ?

Le couple de vacanciers se fige sur leurs chaises en se demandant si cette dame n'est pas une alcoolique notoire. Une bonne vivante. C'est formidable, c'est la France.

Maryse traverse la place de la Cathédrale en fumant sa dernière bouffée. C'est l'heure de vérité. Elle rumine ses pensées et les mots qu'elle va jeter à la figure d'Eddy. Dans le salon de toilettage, il est penché sur un épagneul nain. Quand elle passe la porte, il relève un sourcil, à moitié surpris.

– Ah ben voilà la plus belle des Parisiennes !

– Épargne-moi ton baratin.

Maryse attendait l'heure de la fermeture avant de faire un scandale, sinon elle se serait ridiculisée devant les clientes qui l'auraient reconnue et photographiée pour l'envoyer à *Voici* ou à *Closer*, peut-être pire. Une main accrochée à la lanière de son sac à main, elle garde ses lunettes noires comme un jour de deuil.

– Il paraît que t'as aidé la veuve du colonel à enterrer son chien ?

Eddy termine de brosser la queue de l'épagneul. Il ressent chez la bourgeoise de la frustration, un zeste de jalousie, une flambée de colère. Le tourbillon émotionnel des femmes dominatrices. Un sale quart d'heure l'attend. Il fait signe à Florian de filer, le détartrage du bac à douche attendra demain. Le stagiaire ne discute pas, comprenant qu'un litige est en train d'éclater. Depuis la mort de Gorbatchev, il dort mal car il s'estime responsable. La veuve du colonel doit raconter à tout le monde qu'on maltraite les animaux dans ce salon. Ça va se savoir partout et le disqualifier à l'examen. Il reprend son sac à dos, contourne la table de toilettage, salue la mère de Chloé par politesse. Maryse ne lui répond pas. Elle fixe Eddy derrière ses verres teintés avec le désir profond de le poignarder en plein cœur. Inutile de nier, elle est au courant de tout. Ça balance pas mal à Dax, surtout dans les établissements thermaux. Le toiletteur lui propose de boire un verre et d'en discuter, mais elle a assez bu pour le reste de la soirée. Elle attend une explication, des mots vrais, des cris de rage, des assiettes brisées. C'est beau deux amants en train de se quereller. Eddy laisse de côté l'épagneul nain et s'approche de Maryse. Il lui susurre tout bas :

– Allons, allons ! Madame Delmar, on a l'cafard ?

Comme elle se tait, il poursuit sans voir venir l'orage : oui, il a raccompagné madame Blanchard, car elle avait beaucoup de chagrin. Oui, il a creusé un trou pour enterrer son chien. Oui, il a eu des paroles aimables et des gestes réconfortants, une attitude commerçante, c'est le service après-vente de son métier. Oui, elle a pleuré en frottant son chemisier blanc à sa chemisette crasseuse. Oui, il a couché avec elle pour lui montrer combien la vie est encore belle.

– C'est une sacrée coquine, la mère Blanchard, dit-il, elle adore se rouler dans l'herbe…

C'est la provocation de trop. Maryse le gifle. Il pourrait avoir la décence de lui épargner les détails. Elle se rue sur lui, les ongles en avant, pour lui arracher la chaîne en or qu'elle lui a offerte, vingt-quatre carats qu'il ne mérite pas. Le salaud. Eddy la repousse contre la table de toilettage et l'épagneul nain se met à couiner.

– Hé ! Oh ! Elle va se calmer, la Parisienne ?

Elle s'empare d'une laisse en cuir roulée sur le bord et le fouette sauvagement. Elle en a flagellé des hommes dans les clubs libertins, reliant la douleur et la jouissance. Eddy gueule, l'épagneul nain gémit. Maryse veut faire mal à cet homme jusqu'à ce qu'il en crève. D'un revers de la main, il lui reprend la laisse du chien et la jette au sol. Désarmée, Maryse lui saute au cou et l'enserre de toutes ses forces. Elle l'insulte en lui postillonnant à la figure, tandis que l'épagneul nain hurle à la lune. Ce n'est quand même pas une ancienne speakerine qui va le martyriser. Eddy la saisit par les deux poignets pour se dégager de son emprise. Elle en profite pour lui flanquer un coup de genou dans les testicules. Direct, bien visé. Il pousse un cri aigu, puis se plie en deux contre le bac à douche et s'affaisse en glissant le long de la paroi.

– Dans les couilles, dit-elle, y a que ça de vrai !

Elle le toise de haut. C'est douillet, un homme, une petite chose fragile. Il suffit de connaître le point faible pour mettre n'importe lequel sur le carreau.

– Maintenant, tiens-toi sage, prévient-elle.

Maryse Delmar a parlé. Ce n'est pas une suggestion, c'est un ordre. Une femme blessée est capable de soulever un camion-citerne, de grimper au sommet des montagnes Rocheuses, de pulvériser un blockhaus avec le tranchant de la main si un salopard se cache à l'intérieur. Une femme blessée est dangereuse, tant pis pour Eddy s'il se croit tout permis. Elle remet en place ses lunettes de soleil sur le nez, rajuste son sac à main en bandoulière, puis s'en va comme elle est venue. Madame est sanguine. Madame a les ongles limés et le genou hardi. Madame est folle.

Eddy reste avachi sur le carrelage, une main sur ses parties intimes, l'autre autour de son cou. Il ressent la morsure du cuir, le feu de la strangulation, l'impact de la rotule. Et le couinement de l'épagneul nain lui déchire le tympan. Il revoit sa mère étrangler les chiots au fond du jardin, petites bêtes inoffensives et sacrifiées, leurs pattes gesticulant dans le vide. Ce cri strident le hante encore, au point de fermer les yeux et de se boucher les oreilles. Le chien continue de glapir, Eddy n'arrive pas à se relever.

Chapitre 25

Dans les Landes, la nature est omniprésente. À la sortie du centre-ville, au bord d'une route, derrière les maisons. Chloé fait le tour de sa propriété et pose la main sur le tronc du vieux chêne-liège. Elle prend son pouls. Il est un ami de longue date, au pied duquel elle a lu ses premiers romans. C'est ici qu'elle a exprimé son goût pour la lecture. Ici qu'elle a révélé ses talents de peintre. Ici qu'elle a joué ses premières notes d'accordéon. Ici qu'elle s'est émancipée par l'art et le rêve.

La matinée est douce sous les branches d'arbre, le ciel est loin. Chloé traverse une forêt de fougères aux feuilles dentelées, élégantes et légères, ponctuées de sores arrondis et brun clair. Elle les touche et les respire dans un rai de lumière. Un héron s'aventure au bord de l'étang mais n'ose pas tremper son bec. L'oiseau se fige à l'approche de l'héritière du lieu. Elle se baisse pour le contempler, comme le ferait un réalisateur de documentaires animaliers. Pas un bruit, pas même un battement de paupières. Elle communie avec l'oiseau échassier. Lorsque tout à coup, une musique pétaradante vient saboter cette poésie pastorale. Un vacarme. Du disco. Furieuse, Chloé tourne la tête et aperçoit sa mère en justaucorps, sauter avec les jambes et les bras écartés sur un tube de Boney M. Le héron taille la zone en battant des ailes, effrayé par les choristes qui braillent : « *Ra-ra-rasputin…* » Comme tous les matins, Maryse fait sa gym dans le jardin. Encore ce maudit justaucorps rose qui s'invite et s'étale avec insolence. Cachée derrière les fougères, la fille observe sa mère attaquer une série d'abdos-fessiers. Il doit y avoir de l'eau dans le gaz avec son moustachu. Non seulement, elle n'en parle plus, mais elle a encore dormi ici cette nuit. Est-ce elle qui a claqué la porte ou lui qui l'a foutue dehors ? Il a dû comprendre à quel point cette beauté fatale est nocive et emmerdante. Les choristes de Boney M continuent de chanter tandis que Chloé reste accroupie dans le feuillage. Et c'est là, immobile, comme une chienne de chasse à l'affût, qu'un plan carnassier s'impose à elle. La nature est une alliée formidable, florissante et charitable. Elle regorge de ressources pour lui prêter main-forte. Au bord de l'étang, Chloé élabore une stratégie. Il y a moyen d'envelopper sa mère dans un linceul d'algues et de boue. Elle n'y arrivera pas seule, il lui faudra la complicité d'un homme solide et costaud. Si le toiletteur canin ne se manifeste pas, elle retournera le chercher. Il ne peut pas refuser une offre aussi mirobolante. Il ne peut pas renoncer à une existence bucolique. Il ne peut pas cracher sur un million.

Chapitre 26

– Florian ! Il faut te le répéter combien de fois ?

Encore un matin où Eddy s'énerve contre son stagiaire :

– Un bon toiletteur travaille avec du matériel propre et entretenu.

L'apprenti n'a pas affûté les ciseaux effileurs comme il le lui avait demandé. Devant la table de toilettage, il utilise le labrador de madame Bouvier pour lui démontrer la nécessité de leur métier. Parce que ce genre de chien de chasse devrait perdre son poil mort dans les buissons, or sa propriétaire en a fait un chien de salon, donc c'est à eux de combler le manque. Un pro du toilettage ne sert pas seulement à embellir les compagnons à quatre pattes, il reproduit avant tout l'activité de dame Nature.

– Tu n'y as pas pensé à ça, hein, Florian ?

Armé d'une brosse métallique, Eddy allie le geste à la parole. Il est un rouage de l'écosystème qui favorise le bien-être physique et psychologique de l'animal. Son stagiaire est impressionné. Quelle dextérité ! Quelle rigueur ! Quelle exigence du travail bien accompli ! Il s'empresse d'affûter les ciseaux en songeant à devenir un jour son propre patron, à l'image d'Eddy : intransigeant et méticuleux.

Le labrador trépigne sur la table, la queue entre les pattes, pressé de descendre, lorsque madame Pichon entre avec son teckel à poil long. Elle est fort mécontente depuis sa venue le vendredi précédent, et pour cause :

– Sébastien est rose ! dit-elle, sans prendre la peine de saluer les toiletteurs.

Elle n'a pas payé pour qu'il change de couleur, alors elle exige un service après-vente.

– En plus, il pue la fraise !

Rien que de respirer cette odeur sucrée lui flanque du diabète. Son taux de cholestérol est déjà alarmant et sa tension artérielle ne s'arrange pas, alors si on rajoute du diabète, c'est épouvantable. Elle se baisse pour caresser la croupe de son chien. Eddy lâche la brosse métallique, confus tel un artisan discrédité, mais il défend son savoir-faire :

– Écoutez, madame Pichon, je respecte le poil en utilisant un shampoing à base de pamplemousse.

– Eh ben il a tourné vot' pamplemousse ! J'vous dis que Sébastien pue la fraise !

À l'appel de son prénom, le teckel redresse les oreilles. Eddy se penche sur lui, mais il est incapable de sentir quoi que ce soit. Il botte en touche et s'en remet à son stagiaire, cependant lui non plus ne discerne aucune odeur de fraise, ni de framboise ou de myrtille. On passe en revue tous les fruits rouges, on vérifie la date de péremption du shampoing. Tout va bien, madame

Pichon. Le chien a le poil souple et brillant, son pelage est toujours fauve, certains diraient feu. On est loin du rose ou du mauve. Eddy fait passer l'inconvénient pour un délire personnel :

– Dites donc, madame Pichon, c'est peut-être dans votre tête que ça se passe ?

La cliente a un temps d'arrêt, elle regarde le toiletteur de biais. Depuis le temps qu'elle vient au salon, il pourrait se montrer poli. Elle grommelle, car même ici on la traite de folle, comme ses enfants qui veulent l'envoyer en maison de retraite, ou plutôt dans un mouroir.

– On ne fait pas de vieux os là-bas, dit-elle.

Eddy regrette sa mauvaise blague, car l'aïeule part en roue libre sur les vieux jours, les soins palliatifs, la fin de vie. Rien qui donne envie de se fendre la pêche dans un salon de beauté. Le labrador se lèche les testicules sur la table, le teckel pointe le museau dans sa direction, et madame Pichon raconte sa vie. Elle parle de son père mort à la guerre, de sa mère qui cousait des espadrilles, de son mariage par un jour pluvieux, « mais bon comme on dit : mariage heureux, même si à toute heure, chien pisse et femme pleure ». Eddy croise les bras en écoutant la retraitée réciter des dictons, il aurait besoin d'une bière fraîche pour passer le temps. Au fond de sa poche, la vibration du téléphone vient à son secours. Sa sœur cherche à le joindre, et il n'a jamais été aussi content de voir son numéro s'afficher. Peu importe si elle tente de lui soutirer de l'argent en larmoyant, ça lui occupe les mains et permet de déserter le lieu. Il s'excuse auprès de madame Pichon, la confie à la bienveillance de son stagiaire et sort du salon pour parler à Karen. Au bout du fil, elle semble retenir la goutte au nez :

– C'est à propos de maman…

– Elle est encore tombée ?

– Non ! Va falloir l'envoyer en maison de retraite.

En ce moment, c'est l'actualité brûlante de beaucoup de monde. Les voisins à Roubaix lui ont suggéré l'idée. Oui, car au-delà des enfants, tout le quartier en a parlé. Leur mère ne se lave plus, ne se coiffe plus, elle parle aux lampadaires dans la rue. On l'a retrouvée en chemise de nuit sous un Abribus. Eddy se tourne vers la vitrine et observe madame Pichon alpaguer Florian. Elle s'épanche devant la table de toilettage, où le labrador remue la queue à la vue du teckel. Eddy songe à toutes ces dames âgées que l'on envoie en maison de retraite : aux gentilles mamies, aux coquettes, aux harpies, aux cuisinières de soupe à l'oignon, aux danseuses de rockabilly, aux obsédées d'odeur de fraise, aux furieuses qui étranglent des chiots. Eddy pense à sa mère, assise sur un grand fauteuil lavable à l'éponge, qui le toiserait méchamment en lui lançant : « Alors, c'est ici que tu m'abandonnes ? » Il deviendrait aussi ingrat que les enfants de madame Pichon.

– Et les frangins, qu'est-ce qu'ils en pensent ?

– Comme moi…

– Dans un mouroir, on ne fait pas de vieux os, dit-il en reprenant les mots de sa cliente.

– Faudrait nous envoyer des sous…

S'il se demandait encore la raison de cet appel, Eddy obtient une réponse.

Sortie de sa Golf noire, Chloé déambule sur le trottoir. Une robe longue bohème sublime ses formes avec des manches à volants et un cordon de serrage sous la poitrine. Pourpre, la robe, couleur de l'honneur et du pouvoir. Chloé sait ce qu'elle veut et où elle va. Passant devant la vitrine du salon de toilettage, elle aperçoit Florian caresser le dos d'une dame âgée, puis devant la porte, le moustachu en train de parler au téléphone. Elle est venue pour le convaincre, et cette fois, il ne s'enfuira pas dans son Alfa Romeo. Eddy voit l'accordéoniste marcher droit vers lui, digne avec sa canne, telle une châtelaine tombée de cheval. Sa première réaction est de chercher sa mère au loin. Si Maryse est de la partie, il aura son compte pour la matinée. Il se retourne, parle fort au téléphone, rappelle que son budget est serré. À la fin du mois, après les mensualités de crédit, le coût de l'assurance et les cotisations sociales, il ne lui reste rien. Vis-à-vis de sa famille, il tient à ce que les choses soient claires :

– On divise par quatre, d'accord ?

– Mais t'as plus de sous que nous !

– Je suis toiletteur canin, pas directeur de la SNCF.

Karen le presse, mais il n'a pas le temps ni le cœur d'y réfléchir. Qu'ils se débrouillent entre eux et lui annoncent le prix de sa contribution. Eddy se retourne et trouve Chloé plantée derrière son dos. Les yeux écarquillés, il semble vouloir dire : « Qu'est-ce que tu fous là encore ? » La jeune femme pointe sa canne dans sa direction, une manière de le menacer s'il se défile et de lui signifier : « Faut que je te parle. » Il termine son appel, car l'heure est grave : il a du pain sur la planche, ou plutôt des chiens sur la table. S'il veut supporter tous les frais, il va falloir en toiletter des caniches. Sa sœur cherche à le retenir, mais il raccroche.

Chloé a entendu les mots « prêt bancaire » et « endettement ». La sordide question d'argent. Florian avait raison : son patron ne roule pas sur l'or. Il ne se montrera pas récalcitrant bien longtemps.

– Quoi encore ? lui demande-t-il.

– T'as des soucis financiers ?

Elle fait preuve de toute la bienveillance dont elle est capable, se montrant cordiale et magnanime, comme elle ne l'a jamais été avec lui auparavant.

– Tu n'es pas obligé de brosser ton banquier dans le sens du poil pour obtenir un nouveau prêt, dit-elle.

– Hein ?

– Un million. Tu y as réfléchi ? Un million.

Eddy a un mouvement de recul. Le montant bat dans ses tempes. Il pourrait financer une maison de retraite à sa mère, un établissement haut de gamme qui organise une soirée paella tous les vendredis, avec un contrôle qualité renforcé sur les fruits de mer, un bouquet de chaînes de télé impressionnant, des animations par des intermittents du cirque Pinder. Avec un million, il resterait un bon fils et s'évaderait sous les tropiques. La Guadeloupe est évidemment l'endroit idéal. On s'y promène en chemisette toute l'année, les gens écoutent du zouk et boivent du rhum, ils souffrent rarement de déprime. Il voit des cases créoles, des pontons se jetant sur l'eau cristalline, l'abandon de soi.

Le bleu azur des yeux de Chloé vire au gris tempête :

– Ma mère est une emmerdeuse. Tu t'en es rendu compte ? Elle a gâché ma vie alors je veux détruire la sienne.

– Où est-elle ?

– Chez moi, en train de se dorer la pilule.

Eddy n'ose pas accepter mais il n'arrive pas à refuser. C'est vrai que Maryse est envahissante, jalouse, impulsive, autoritaire. Elle a tenté de l'étrangler et porté atteinte à ses parties génitales. On ne tue pas les gens pour autant, mais bon, l'idée suit son chemin.

– J'ai un plan, lui dit Chloé. Tu feras de moi une femme libre, et de toi un homme riche.

– Ce serait une bonne action alors ?

– Comme de planter un arbre.

Eddy prend une grande inspiration. Chloé poursuit :

– Écoute-moi bien…

– Pas ici ! Ça circule dans tous les coins, on pourrait nous entendre.

Il l'attrape par le bras et l'entraîne dans son vieil immeuble, où tout est sombre et sec. Chloé appuie sa canne sur le bitume et s'accorde au pas du toiletteur.

À travers la vitrine, Florian voit son patron et la belle Parisienne s'éloigner ensemble. Il va la faire monter chez lui, c'est sûr. Elle est venue pour ça. Elles viennent toutes pour ça. Elle ne l'a même pas remarqué, lui, dépassé par un labrador sur la table de toilettage. Il s'imaginait quoi ? Chloé a survécu à une attaque de requin, elle aime le danger. Elle ne va pas s'intéresser à un stagiaire, elle préfère les hommes de pouvoir. Alors il emporte le teckel dans ses bras et se retourne vers le bac à douche. Ça ne fera pas de lui un conquérant, mais au moins il se rend utile.

– Bon, madame Pichon, on va lui faire un autre shampoing à Sébastien.

– Mais pas avec vot' truc au pamplemousse…

– Non ! Un shampoing premium au PH neutre.

– Avouez qu'il est rose, mon Sébastien…

Chapitre 27

Eddy se réveille le lendemain avec une barre vissée au niveau du front. La voix de Chloé résonne encore dans sa tête. Elle débite des mots, elle dit : « J'ai un plan béton ! » Et lui ne sait pas comment la faire taire, tellement il est tiraillé entre sa bonne conscience et l'appât du gain. Ce serait la fin de tous ses ennuis. Il sort du lit, s'asperge de l'eau froide sur le visage, avale un cachet contre le mal au crâne. La routine du matin se poursuit dans la cuisine, en enclenchant la machine à café et en étalant du camembert sur du pain. Assis sur un tabouret, il repense à tout ce que la fille a manigancé :

– Écoute-moi Eddy, écoute-moi bien, j'ai beaucoup réfléchi et j'ai trouvé la meilleure solution, radicale et sans trace. Ne te préoccupe de rien, viens juste dîner à la maison, ma mère sera ravie. Je lui dirai que tu es le bienvenu, histoire d'enterrer la hache de guerre. Apporte une bouteille de chardonnay et sois charmeur à table, fais-lui du pied, elle adore ça. Moi, dans la cuisine, je concasserai des pilules de tranquillisant pour assaisonner son gaspacho. Elle va piquer un roupillon sur la chaise, et hop, on la jettera dans l'étang. T'es assez costaud pour la transporter, non ? La nature s'occupera du reste.

Et le lendemain, quand les pompiers repêcheront son corps comme une vieille branche d'arbre, je ferai semblant de pleurer au milieu des fougères. On racontera qu'elle s'est noyée après un mélange désastreux de vin blanc et de somnifère. Personne n'en sera étonné, ma mère est alcoolique…

Eddy revoit des flammes dans les yeux bleus de Chloé et son sourire non dissimulé. Elle n'a rien laissé au hasard, son plan est millimétré. En contrepartie, il recevra la vieille bâtisse en cadeau. Toutefois, il n'est pas assez idiot pour l'accepter. S'il y a une enquête de police, nul besoin de fouiller longtemps pour trouver bizarre que le toiletteur canin occupe la maison de la défunte. Ce qu'il faudrait pour le libérer de tout soupçon, c'est que la fille la revende avant de quitter la région, puis lui vire le montant de la transaction. Il remporterait un million. Eddy trempe sa tartine au camembert dans le café.

– Un million ! répète-t-il haut et fort.

Il s'imagine bronzer nu sur la coque d'un voilier, un verre de rhum à la main, le reste de son existence bercée par la mer des Caraïbes. En définitive, il s'en fiche d'une ancienne speakerine possessive et gonflante. Qu'est-ce qu'il représente pour elle ? Pas grand-chose. Elle ne s'intéresse qu'à son corps, elle ne respecte pas son intimité. Et qu'est-ce qu'elle a fait pour lui dernièrement ? À part payer des restos, des entrées au Calypso et une chaîne en or. Eddy se persuade que Maryse est une personne futile et secondaire dans son existence, elle n'est pas marquante comme mademoiselle Élisabeth qui a fait de lui un homme. L'ancienne speakerine n'est pas malfaisante, mais elle n'est pas vénérable non plus. Si l'idée de la supprimer suit son chemin, c'est parce que Eddy écoute l'émission de radio sur les crimes jamais élucidés en buvant son café. Il y a beaucoup d'affaires où les meurtriers se sont évaporés dans la nature sans jamais être retrouvés. La plupart ont dû élire domicile sous une yourte au fin fond du Kirghizistan, d'autres se la coulent douce sur un bateau de pêcheur à Puerto Vallarta. « ... *Mais l'ADN ne correspond à aucun autre présent dans le Fichier national des empreintes génétiques. C'est ce qui s'appelle un "cold case", une affaire non résolue* », conclut le présentateur avant de lancer un jingle angoissant. Si Eddy s'en tient au plan de Chloé, il n'y aura aucune trace d'ADN sur le corps, aucun indice. Un *cold case*, comme dit le gars à la radio.

Elle a raison, la fille, c'est un plan béton, pense-t-il en rinçant son bol de café dans l'évier.

Le reste de la journée, il rumine et cogite, sans rien laisser entrevoir à son stagiaire ni aux clientes. Entre deux caniches, il songe aux opportunités et aux risques. Et s'ils rataient leur coup ? Et si un voisin trop curieux les surprenait ? Ses mains deviennent moites, ses doigts glissent dans l'anneau des ciseaux, à l'idée de supprimer l'ancienne speakerine. Dans le brouillard de ses réflexions, il n'emploie jamais le verbe assassiner mais supprimer. On assassine des gens, tandis qu'on supprime des dossiers sur un écran d'ordinateur. C'est du langage plus édulcoré.

Juste avant la fermeture du salon, Eddy taille les griffes du whippet de madame Langlois. Le dos arqué sur la table de toilettage, la chienne est sage. Elle fronce son museau en fermant les yeux quand le toiletteur l'asperge d'un spray à la fleur de tiaré.

– Et voilà ! Colombine est prête.

Madame Langlois rougit devant ce travail bien accompli. Elle a souhaité que sa chienne soit merveilleuse de la truffe à la queue, Eddy ne la déçoit pas. Maintenant, elle attend la suite. Sa jupe évasée est retenue par une ceinture élastique pour être retirée plus vite.

– Par ici, madame Langlois, le septième ciel est au premier étage.

– Oh, je vous en prie… appelez-moi Marie-Philippe.

D'abord, Eddy s'excuse de sentir le chien. Une douche s'impose. Il invite sa cliente à se détendre sur le canapé et à se servir une liqueur de prune si elle en ressent l'envie. Ensuite, passage à la salle de bains, sifflement sous la douche, serviette nouée autour de la taille, voix grave résonnant dans le couloir :

– « Elle était maquillééée… comme une star de cinééé… »

Madame Langlois s'émerveille à la vue de cet apollon court vêtu. C'est le moment tant attendu, pour lequel elle s'est alanguie depuis des jours. Elle a envie de faire l'amour avec le toiletteur tellement elle le trouve viril et fougueux. Elle veut revivre ces instants oubliés comme un kilt délavé, rangé dans une malle, que l'on ressort à l'occasion et qui nous va toujours aussi bien. Il la saisit par le bras, tel un aventurier qui extrait sa belle du gouffre dans lequel elle était tombée, et il l'entraîne vers sa chambre.

– Venez ! Ici, Colombine va tout voir.

Le whippet gémit, attaché à la table basse, voyant sa maîtresse l'abandonner dans ce lieu exhalant des parfums d'êtres humains inconnus, mélangés à des odeurs de viande et de friture. Eddy mène madame Langlois jusqu'à son lit. Elle se déshabille vite, sans complexe d'exhiber la peau fripée de ses cuisses et quelques veinules grenat en haut des mollets. Son corps ne va pas concurrencer celui des jeunes femmes mais elle a ouï-dire que le toiletteur ne raffole pas des minettes. Elle se roule sous le drap, heureuse d'aguicher cet homme au charisme animal. Eddy embrasse sa cliente qui n'attend que ça depuis des jours, puis il lèche ses épaules, plaque son ventre contre le sien et se frotte à son pubis. Comme il se sent tranquille entre les jambes de Marie-Philippe. Elle a les cheveux courts, gris assumé, quelques petits bourrelets qui la rendent bien en chair. Cette femme transpire l'indépendance et la liberté. Bras tendu vers la table de chevet, il cherche un préservatif dans le tiroir, fouille aux quatre coins mais n'en trouve pas. Pas de panique, ce n'est qu'un détail technique. D'un bond, il se relève et court à la salle de bains, car les boîtes sont rangées dans l'armoire de toilette. À son retour, son érection est en mauvaise posture. Eddy restimule son sexe contre la cuisse de sa cliente, tout en triturant l'emballage de la capote. Manque de chance, l'échantillon d'aluminium est réfractaire.

– Putain de merde !

Il s'énerve, l'arrache avec les dents, tandis que Marie-Philippe ondule et passe ses bras autour de son cou. Depuis le salon, la chienne couine, réclamant le retour imminent de sa maîtresse.

– Ouiii, Colombiiine, maman arriiive !

Eddy ignore si ce sont les jappements du whippet, ou le « maman arrive » qui lui coupent l'envie, mais il a du mal à se concentrer sur l'acte sexuel. Son membre s'est encore ramolli et n'entre pas dans la protection en latex.

– Ce n'est pas grave, lui dit madame Langlois, on peut faire sans...

Il aimerait qu'elle se taise. Il entend les couinements, il entend crier « maman », il voit des images de chiots étranglés et de speakerine repêchée dans l'étang. Un étrange sentiment, lourd à porter, le plombe au lit : la culpabilité prochaine d'accomplir un meurtre. La police scientifique trouvera son ADN sous les ongles de la noyée, et n'aura plus qu'à l'interpeller, en particulier si Maryse s'est vantée chez le coiffeur de coucher avec le toiletteur canin. Eddy est focalisé sur cet acte irréversible qui pourrait lui coûter trente ans de taule. Madame Langlois creuse ses reins tandis que lui se rend à l'évidence :

– J'y arriverai pas, j'y arriverai pas !

– À quoi donc ?

Elle lui caresse le torse, entortillant les poils entre ses doigts sertis de bagues. Ça l'horripile davantage. Il sort du lit et va se passer de l'eau froide sur le visage. Devant le lavabo, il tape son sexe dans la paume de sa main comme une lampe torche faiblarde à cause d'un faux contact.

– Ça s'peut pas ! Pas à moi !

Les yeux fermés, il se masturbe en imaginant des vulves roses, des femmes nues sur la selle d'un cheval au galop, des gros seins étalés sur un capot de voiture brûlant. Rien ne durcit. La matière reste molle, l'érection défectueuse. Il revient dans la chambre, les épaules voûtées, et s'excuse de son sexe paresseux :

– Désolé… J'me sens pas en forme…

Alors madame Langlois reste sous le drap comme pour dissimuler son corps dont il semble se désintéresser. Il pourrait compenser le manque de vigueur avec ses doigts ou sa bouche. Son regard a changé, il n'a plus l'intensité qu'il portait sur elle derrière le comptoir. Quelque chose est rompu, de l'ordre de l'exaltation. Ils restent quelques minutes dans le silence, chacun de son côté du lit, comme deux adolescents ayant raté leur premier rapport sexuel, gênés de ce qu'ils devraient entreprendre pour dissiper le malaise. Elle, rentrer en catimini ? Lui, éplucher des pommes de terre ?

Il dit :

– Désolé…

Elle répond :

– Pas grave.

Et le whippet continue de couiner. Eddy vit cet instant comme un effondrement de la Bourse, un crash d'avion, le naufrage du *Titanic*. De si beaux espoirs pour un résultat catastrophique. Jamais il ne s'est senti à ce point inutile et démuni, et abandonnant le coït avec fatalité, il remet son slip pour cacher la marchandise. Allongé sur le drap, il commente la météo, les températures qui ne sont pas en baisse et les prévisions pour les jours à venir, il évoque même la belle arrière-saison dans les Landes. On a de la chance de vivre ici. Sa cliente ne l'écoute pas, elle tapote son ventre mou dans un petit bruit mat, considérant son corps avec indulgence, un peu déprimée, surtout distraite par sa chienne qui se met à aboyer.

– Oui Colombiiine, maman arriiive !

Madame Langlois sort du lit, se rhabille en vitesse, court vers le salon et détache la chienne. Sans dire au revoir, elle claque la porte et ne compte pas revenir. Ce toiletteur est surcoté. De toute façon, son whippet a le poil court, elle peut le shampouiner elle-même.

Un courant d'air chaud s'engouffre jusque dans la chambre. Resté seul au lit, Eddy se sent incapable de gérer la suite de la soirée. Une main dans le slip, il se tripote, et se demande si le coup de genou de Maryse n'a pas cassé la marchandise.

Chapitre 28

Chloé sort du bois. À l'aide de sa canne, elle repousse les herbes hautes sur le bord de la route. Le toit de l'ancienne école maternelle est délabré, des tourterelles y trouvent refuge depuis que la cigogne a disparu. Sur le terrain de pétanque, il n'y a pas grand monde en fin de journée, seul Dédé joue aux boules. Personne pour le battre, personne pour le déranger. Le vieux est à moitié sourd, il n'entend pas la jeune femme boiter sur le gravier. Elle le déconcentre au moment de viser le cochonnet.

– Oh la *petiote* ! Comment elle va, ma *petiote* ?

Sous le chant hypnotique des grillons, elle l'embrasse comme un patriarche dont il faut prendre soin. Un sage décati, le dos fourbu par le poids des années, qui a gardé des yeux brillants d'enfant. Dédé, c'est un peu le grand-père qu'elle n'a jamais eu. Le premier homme que son père a rencontré en débarquant dans ce village. Dédé, c'est un être précieux et rare, l'ange qu'elle a vu en ouvrant les yeux à l'hôpital. Il s'était précipité le lendemain de l'accident pour veiller sur sa *petiote*.

– T'as besoin de gaz à la maison ? Tu me le dis, je t'envoie les gars, hé !

La question habituelle à laquelle Chloé répond avec un sourire amusé. Non, le gaz n'est pas sa priorité. Le barbecue est rangé dans le cabanon depuis la mort de son père. Et à cette heure de la journée, il n'y a plus de place pour les installations, les raccords et les régulations, tout ce qui compte, c'est la pétanque. Alors elle se baisse, pose sa canne au sol et ramasse une boule. Un œil fermé pour mieux viser, elle décanille celle de Dédé en voulant pointer le cochonnet.

– Quelle cagade ! Tu m'as foutu une bugne…

– Si je gagne, tu m'offres un p'tit jaune.

– Oh la *petiote* ! Tu parles comme mes gars.

Chapitre 29

On ne plaisante pas avec le lévrier afghan de madame Delair. C'est une bête d'exposition. Gonzague reste immobile sur la table de toilettage, l'allure noble, le museau droit et le port de tête altier. On le sent entraîné à briller lors des concours, prêt à rafler tous les prix. D'abord, Eddy brosse ses longues franges soyeuses, ensuite, il procédera au shampoing enrichi en huile de jojoba pour entretenir son pelage beige. Florian reste à l'écart, avec un peigne à dents larges de secours dans une main, juste au cas où. Dehors, parmi les passants, deux femmes s'arrêtent devant la vitrine pour contempler le toiletteur à l'œuvre : Maryse et Chloé. Eddy stoppe net au milieu d'une mèche. Florian sourit aux Parisiennes en vacances. Gonzague les fixe de ses petits yeux noirs triangulaires pénétrants.

– Vas-y ! dit la fille en poussant la mère, car celle-ci n'ose pas s'avancer.

Eddy observe ce jeu puéril pour voir jusqu'où Maryse va résister. L'ancienne speakerine est revenue, donc l'accordéoniste l'a convaincue. Elle est là, donc le plan est enclenché. Nul besoin de téléphoner, de demander pardon pour ses frasques et de se faire inviter à dîner, elle vient à lui.

La proposition est arrivée à l'improviste, en terrasse de la Fontaine-Chaude, alors que Chloé sirotait un jus d'abricot. D'un coup, elle a surpris sa mère :

– Et si tu invitais ton moustachu à dîner, hein ? Ce serait une bonne idée.

Maryse a failli recracher son jus de tomate imbibé de vodka.

– Que me vaut cette volte-face ?

– Je devrais lui donner une seconde chance. Tout le monde à Dax en dit du bien. Même son stagiaire.

– Ce jeune apprenti te fait les yeux doux ?

– Je l'ai pris en stop. Il est plutôt mignon…

Maryse n'en croyait pas ses oreilles. La chair de sa chair flirtait avec un ouvrier et lui donnait sa bénédiction pour inviter son patron à la maison. Elle s'est dépêchée d'aspirer son bloody mary, avant de jeter un billet sur la table et de se relever comme une femme du monde, à la fois admirée et diabolisée, dont la vie conjugale a été salie mais qui fait front aux critiques.

À présent, la voilà qui passe la porte du salon à contrecœur. Depuis sa première rencontre avec le toiletteur, c'est toujours elle qui s'abaisse à faire le premier pas. Comme elle aimerait avoir trente ans de moins pour faire perdre la tête aux hommes et leur briser le cœur comme avant.

– Je me suis enflammée l'autre jour, dit-elle, tu ne m'en veux pas ?

Eddy entend des remords dans le ton de sa voix. Dax compte vingt mille habitants et la rumeur court vite, mais pas assez pour qu'elle ait entendu parler de sa panne sexuelle avec la mère Langlois. Elle est focalisée sur les gifles de l'autre jour, les coups de fouet, la tentative d'étranglement.

– Mes gestes ont dépassé ma pensée, mais sache qu'une femme trompée est incontrôlable.

Florian sent qu'il est de trop dans la pièce. Par pudeur, il sort faire une pause sur le trottoir, laissant son patron laver son linge sale avec l'ancienne speakerine, et pour seul témoin un lévrier afghan de compétition.

Eddy toise Maryse sans prononcer un mot, se demandant s'il sera capable de la supprimer comme un tableau Excell. Il visualise une pluie de pièces d'or tomber sur elle et la mer des Caraïbes s'étendre derrière son dos. Un million d'euros scintille à ses yeux pour trouver le courage de passer à l'action.

– Réconcilions-nous autour d'un dîner, dit-elle, chez moi, demain soir ?

– Et ça ne dérange pas ta fille ?

– Non ! Elle a mis de l'eau dans son vin…

Maryse l'invite pour un barbecue, une façon de lui prouver à quel point elle n'est pas rancunière. Eddy est à l'aube de devenir riche, il n'y a plus de temps à perdre. Il accepte volontiers. Elle espère qu'il lui a pardonné ses excès de violence, l'été est une saison trop belle pour se fâcher. Il acquiesce. Il parle peu. Il n'éprouve pas le besoin de verbaliser ses émotions. S'il doit passer à l'acte, mieux vaut n'en ressentir aucune. Maryse lui caresse la joue, regrettant d'avoir brisé l'apparente légèreté, l'hédonisme estival, toute forme de copulation primitive, mais elle souhaite y remédier. Ils dîneront sur la terrasse au clair de lune, avant de prendre un bain de minuit dans la piscine et de courir mouillés jusqu'à la chambre pour faire l'amour comme des bêtes. L'air de la campagne ravive les sens. Maryse en a les yeux qui brillent.

– Et ta fille ? Qu'est-ce qu'on en fait ?

Maryse se tourne vers la vitrine et suggère d'emblée :

– On devrait la caser avec ton stagiaire…

Sur le trottoir, les cheveux de Chloé volent au vent, telle une Vénus sortie des eaux. Elle a vingt-cinq ans et la vie devant elle, de l'accordéon à jouer, des tableaux à peindre, de l'amour à trouver. Florian est ébloui par son teint naturel, sa peau pâle, ses yeux clairs dans lesquels il voudrait plonger. Elle semble ne pas s'intéresser à Eddy, tournant le dos à la vitrine. Elle lui sourit, et c'est comme si le ciel se fendait au-dessus de leurs têtes. Mille questions le traversent et il ne sait pas laquelle poser en premier : Ça te dirait de prendre un verre avec moi ? Tu aimes la coriandre ? Parce que certains trouvent que ça a un goût de savon. Et sinon, tu dors de quel côté du lit ?

Chloé le trouve émouvant avec ses joues rosies. Ses épaules carrées, son corps mince. Une certaine fragilité émane de lui, ce qui contraste avec ces mecs imposants et gonflés d'assurance. Et surtout, il a de belles mains de pianiste. De longs doigts et des paumes larges pour accompagner tous les accords ou caresser le buste d'une femme.

– Ça te dirait de prendre un verre avec moi ? demande-t-elle.

– Non mais attends ! J'allais te le proposer…

Il est embarrassé qu'elle prenne l'initiative. Elle insiste. Il dit : « OK ! » Le jeune homme se pince l'avant-bras pour être certain que tout ceci n'est pas un rêve. Tant de grâce et d'assurance réunies en une seule femme, c'est inouï. Elle a de beaux cheveux dorés par le soleil et des lèvres charnues comme la chair des nectarines en été. C'est le coup de foudre, l'évidence, le parfait alignement des planètes. Sur le trottoir, il a très envie de l'embrasser. Ce n'est pas l'endroit le plus romantique, mais peu importe, c'est l'intensité du moment qui compte. Leurs mains pourraient se rapprocher, leurs phalanges se frôler, les bouches s'unir, si la magie n'était pas brisée par l'arrivée de madame Lopez et de madame Jacquet. Les deux retraitées promènent leurs caniches abricot et démarrent leur virée par un petit coucou à Eddy. Où est-il, leur toiletteur bien-aimé ? Il s'occupe tellement bien de Cannelle et Cannelle, ce type a des doigts de fée. Elles s'approchent de la vitrine et s'essuient les lunettes pour mieux l'apercevoir. L'une lui fait un signe de la main, l'autre ne tarit pas d'éloges à son égard.

– Ah, si Eddy n'existait pas, il faudrait l'inventer.

Florian écoute la Dacquoise, déglutit, et se met la pression. Lui aussi, il espère un jour passer maître des ciseaux crantés, devenir ce Michel-Ange du toilettage canin. Chloé ne prête aucune attention aux compliments faciles, aux brèves de comptoir, aux commérages de quartier. Derrière son dos, le piège se referme sur sa mère. Elle esquisse un léger sourire de satisfaction et d'excitation, car à ses pieds, elle mate le caniche de madame Lopez en train de saillir le caniche de madame Jacquet. Ou bien l'inverse ?

Chapitre 30

Arrive le lendemain et son temps de plage idéal. Maryse court partout à la recherche de son paréo. Elle veut ressembler à une naïade intrépide. Dans le jardin, protégée du soleil sous un grand chapeau de paille, Chloé admire l'étang pour mieux le peindre. Elle s'imprègne de l'harmonie des couleurs et rajoute une nuance de vert pâle sur le tableau. C'est maintenant ou jamais qu'il faut terminer l'œuvre, tant que son regard reste pur et innocent. Lorsque sa mère flottera au milieu de la vase, le lieu n'aura plus le même charme.

La peinture est venue comme l'accordéon, parce qu'elle devait réapprendre à vivre, à occuper ses mains et son esprit. Elle se souvient des jours difficiles à l'hôpital, engoncée dans un corset orthopédique, faisant la liste des joies d'adolescente dont elle serait privée. D'autres l'aideraient peut-être à se relever. L'art-thérapie, disaient les infirmières, l'expression de soi, des émotions et des conflits. Les notes de musique et les touches de pinceau réparaient ce qui était brisé. Son père répétait qu'il fallait pardonner à sa mère, mais Chloé n'écoutait plus celle qui l'avait mise au monde. Si la mère n'était plus cette personne de confiance absolue, alors qui prendrait le relais ? On la confia à des jeunes filles au pair venues du monde entier, pas trop jolies pour ne pas tenter le mari. Jean-Paul Delmar avait l'œillade salace et les mains baladeuses dans la cuisine. En leur compagnie, Chloé apprit des bases d'espagnol, de vietnamien et de danois. Elle tissait des liens d'affection avec chacune d'elles, avant de vivre l'heure douloureuse de la séparation, lorsque sa mère les congédiait sans préavis, parfois en les insultant. Les étudiantes reprenaient leur valise et partaient travailler dans une autre famille.

– Madame est folle, disaient-elles en passant la porte.

– Allez vous faire foutre ! gueulait sa mère depuis le salon.

Bientôt, Chloé en sera débarrassée. Le toiletteur vient de klaxonner, garé devant la maison. Il est venu chercher Maryse pour l'emmener à la plage. Elle surgit sur la terrasse et retrouve enfin son fameux paréo étalé sur un transat. Dans son deux-pièces basique de chez Versace et avec ses grandes lunettes à verres fumés, elle se sent invicible.

– À ce soir ! s'écrie-t-elle en faisant de grands gestes à sa fille.

Chloé ne prend pas la peine de se retourner. Dans son for intérieur, elle jubile. Le moustachu ne reculera pas devant un million. D'ailleurs, il vient de lui envoyer un texto :

`Prépare ton gaspacho LOL`

Après avoir rangé ses pinceaux, elle versera des dés de concombre, de tomate et de poivron dans un robot mixeur. Ensuite, elle écrasera des anxiolytiques au marteau.

Au sud de Soustons s'étend une plage de sable blond, entre dunes et forêt. C'est la plus sauvage et la moins fréquentée, celle qu'Eddy préfère. Les familles avec enfants n'y viennent jamais, à cause de l'absence de surveillants de baignade. On est libre de s'installer où l'on veut, sans se retrouver au milieu de gosses qui chialent ou de chiens qui aboient.

Il se gare à l'ombre, sous les arbres du parking. La plage est accessible par un sentier, il faut marcher vingt minutes pour y accéder. Il s'engage sur le chemin de terre où se mélangent des odeurs de pin et de bruyère. Maryse lui emboîte le pas avec l'envie de faire l'amour dans le sous-bois, au risque d'être vus par des passants. Voilà des années qu'elle n'a pas fait ça en public. Elle songe à la force du désir, à la turgescence des passions. Eddy continue d'avancer sous le chant lancinant des cigales. Elle souffle dans son dos, se plaint de la chaleur, demande si c'est encore loin. Il attire son attention sur les papillons orangés butinant les fleurs violettes mais elle ne s'extasie devant rien, elle s'énerve contre les mouches qui volent partout. Il doit y avoir un animal crevé dans un coin ou des excréments de cheval. Elle regrette d'être venue ici, elle aurait préféré la Grande Plage de Biarritz. Eddy marche droit devant sans se retourner.

Au bout du chemin, un talus marque la limite avec la dune. Le long de la pente, des chardons bleus côtoient le liseron des sables. Maryse prend garde où elle pose les pieds, le sable lui brûle la voûte plantaire. Elle croit être au bout de sa vie, lorsque arrivée en haut, l'immensité de l'océan invite à l'émerveillement, au voyage, à la baignade. Eddy ouvre les bras pour accueillir ce bleu intense :

– Alors, ça valait le coup, non ?

– Embrasse-moi, idiot !

Par le col du t-shirt, elle tire cet amant qui la malmène dans une nature hostile et pourtant magnifique. Il se laisse happer et lui offre un baiser de cinéma, une feinte scénaristique pour finir la soirée ensemble. Maryse et Eddy s'enlacent sur le sable, absorbés par les nuances du ciel et de l'océan. Elle adorerait qu'on les photographie à cet instant précis, ou que sa fille les peigne. Si elle retenait un souvenir de cet été, ce serait ce baiser fougueux en haut de la dune.

Les amants descendent la pente et s'installent au plus près de l'océan, là où la brise est rafraîchissante. Pas de corps entassés ni de baigneurs aux alentours. Le calme absolu. Juste le murmure des vagues. Eddy se met à poil.

– J'aime m'étaler nu sur la serviette et sentir les embruns me rafraîchir les burnes.

Elle trouve cette idée merveilleuse et se déshabille entièrement, ressentant l'urgence de renouer le contact avec la nature, cet instant où l'homme et la femme se rencontrent au jardin d'Éden. Le serpent pourra s'introduire, elle le laissera entrer. Nus, minuscules et insignifiants comme des grains de sable, ils s'allongent sur leur serviette. Eddy entame une sieste, Maryse applique de la crème solaire sur son corps. Au moment de lui demander d'en étaler dans son dos, histoire de provoquer un massage sensuel, elle se heurte à un grand moment de solitude : son adoré ronfle au soleil.

Le temps s'arrête sur cette plage. Maryse a terminé de lire l'horoscope dans *Elle*. Le sien dit qu'elle est tout feu tout flamme, que la passion va chambouler sa vie, qu'il faut pimenter la relation et oser les choses. Celui d'Eddy l'invite à renouer le dialogue après une période houleuse, à pacifier la relation. Elle referme le magazine tant il est criant de vérité. Elle le contemple avec un brin de désolation : son amant dort encore. La seule autre présence sur le sable était cet homme à la peau cramoisie, assis au pied de la dune, mais il est reparti entre-temps. Il n'y a même pas un beau sauveteur à mater, le premier poste de secours est à perpète. Son regard se perd vers l'océan. Elle repense à sa jeunesse passée, à son mariage fastueux, aux hommes qui lui ont donné beaucoup de plaisir, à tout ce qui fait sourire et larmoyer en même temps. Une profonde mélancolie l'engloutit comme une vague venue du large. L'idée d'un paradis perdu où tout était possible et somptueux, quand les portes s'ouvraient et que les projecteurs l'éclairaient. Ses souvenirs défilent sur la ligne d'horizon. Et si elle versait une larme dans l'océan ?

Maryse enfonce ses pieds dans le sable mouillé. L'écume s'élance vers elle avant de s'éclater contre ses tibias. Elle est saisie par la froideur, s'asperge la nuque et entre dans l'Atlantique avec plus de difficultés que dans la mer des Seychelles. L'eau grimpe en haut de ses cuisses, entoure sa taille, puis recouvre ses épaules et l'absorbe jusqu'à la nuque. Au zénith, le soleil frappe l'eau, provoquant des éclairs éblouissants. Elle fait la planche et offre son buste à l'astre suprême, le meilleur amant du monde. Fidèle et caressant, il ne la déçoit jamais. Ses seins flottent à la surface et dansent avec le clapotis des vagues. Elle se sent une femme unique, baignée dans les éléments de la nature, plus vivante que jamais. Elle prend une grande inspiration, ce qui lui fait avaler de l'eau salée. Maryse boit la tasse. Elle tousse mais garde le contrôle et s'éloigne en brasse. On ne la relègue pas au rang des vieilles en bonnet de bain dans la piscine des cures thermales. Elle défie les marées et les profondeurs, traçant un sillon, attirée par l'horizon. Le souffle est court, les mouvements désynchronisés, l'eau froide engourdit ses jambes. À un moment, elle reconnaît manquer d'entraînement et admet qu'il serait plus raisonnable de rentrer. Le mouvement de l'eau ne joue pas en sa faveur et l'empêche de revenir vers le rivage. Maryse panique, rétropédale, ravale de l'eau salée qui lui pique la gorge. Les idées noires s'amoncellent, le vague à l'âme la submerge, les souvenirs défilent dans un travelling. C'est beau comme au cinéma. La tête immergée, elle aperçoit une lueur au fond de l'océan, une sorte de projecteur qui la réchauffe et lui murmure : « Ne vous a-t-on jamais dit que vous étiez belle ? »

Sur la plage, Eddy s'est réveillé. Sa première réaction est de constater que Maryse a disparu, elle est peut-être allée se baigner. Toutes ses affaires de Parisienne à la plage sont encore là. Il s'avance au bord de l'eau mais ne distingue pas sa chevelure entre les vagues. Il ne l'aperçoit pas non plus marcher au loin sur le sable, ni à droite, ni à gauche. Bizarre. L'ancienne speakerine s'est volatilisée.

Une heure passe.

Maryse n'est toujours pas revenue. La Parisienne ne se serait jamais absentée aussi longtemps sans ses lunettes de soleil. Elle a peut-être coulé au fond de l'eau. Eddy se rend compte du problème lorsqu'il s'avance à mi-cuisse dans l'océan et se heurte à la force du courant. Pris d'une soudaine angoisse, il regagne sa serviette, enfile son short en vitesse et part vers la plage surveillée, laissant toutes leurs affaires derrière lui, portefeuilles et clés de voiture. Le poste de secours est au nord, le temps que les sauveteurs entrent en action, Maryse aura rendu l'âme. C'est de sa faute après tout ! Trop occupée à l'embrasser en haut de la dune, elle n'a pas prêté attention au panneau « Baignade interdite ». En plein soleil, Eddy se dépêche, il cogite, cette noyade serait une aubaine. Si la police s'en mêle, il n'y a pas d'arme dans son sac ni de drogue. Le médecin légiste ne constatera aucune trace de coups sur le corps de la victime. La non-assistance à personne en danger est le crime parfait. Sa fille sera libérée et lui empochera un million. Il cavale et songe au premier ti' punch qu'il boira à la Guadeloupe, au joyeux coup du sort. Il court, il court, et il agrandit les foulées, mais le sable ralentit sa course. Quelques vacanciers jouent au frisbee et remarquent la ruée de ce moustachu. Un enfant roux se fige lorsqu'il passe devant lui, de la glace à la vanille coulant le long de ses doigts. Au bout de quinze minutes, le front dégoulinant de sueur, Eddy arrive à la cabine des sauveteurs et crie :

– Au secours ! Mon amie est en train de se noyer !

De l'index, il leur indique la plage naturiste, où tout est permis, sauf de se baigner. Un coup de sifflet retentit. Eddy s'écroule sur le sable et reprend son souffle en se forçant à pleurer. C'est un mauvais acteur, mais il fait de son mieux.

Chapitre 31

Chloé est dans l'encadrement de la porte d'entrée. Plein ouest. Un rayon de lumière éclaire son visage. Des hommes en uniforme lui font face, elle a du mal à croire ce qu'ils racontent. La nouvelle est trop belle pour être vraie : sa mère est morte.

Au centre de l'escadron, la gendarmette lui annonce son décès avec une profonde empathie, la gorge nouée de regrets. Elle prononce les mots doucement, parle d'un terrible accident, des dangers de l'océan. Une psychologue est prête à la recevoir si elle le souhaite. Chloé fait non de la tête, sans émotion particulière, elle n'en a pas besoin. Elle fixe Eddy, escorté par les gendarmes, qui affiche des yeux de cocker comme s'il avait perdu un membre de sa famille. Il s'approche d'elle et la serre dans ses bras.

– Je suis désolé, ma puce, dit-il en lui caressant les cheveux, j'ai rien pu faire…

Quelle partie du plan n'a-t-il pas compris ? Et pourquoi l'appelle-t-il « ma puce » ? Il l'enlace de force, elle n'ose pas le repousser. De toute évidence, Eddy joue un numéro de cabot, après avoir accompli sa part du marché. Ce toiletteur canin est plus malin qu'elle ne le croyait. Le voilà maintenant courant vers elle pour chercher sa récompense. Elle plaque son visage au creux de son épaule, n'ayant pas d'autre option que de respirer l'odeur âcre de ses aisselles. Elle ne comprend pas comment sa mère a pu supporter ce bonhomme affalé sur elle. Son air de dégoût s'apparente à une souffrance extrême. Si elle pouvait éclater en sanglots, la scène gagnerait en authenticité et finirait de convaincre les gendarmes que la noyade de Maryse Delmar est une immense perte.

Chloé se détache d'Eddy pour reprendre une bouffée d'air frais. La gendarmette lui propose de l'emmener au funérarium. C'est un moment difficile mais important pour faire son deuil. La jeune femme accepte, le temps d'attraper sa canne. Elle veut constater le décès de ses propres yeux avant de sabrer le champagne.

À la morgue, Maryse est installée dans un frigo, mais le préposé préfère dire « cellule réfrigérante ». Il précise qu'elle est idéale pour la conservation des défunts, ultra design en acier inoxydable avec une porte à chargement frontal. D'ailleurs, le corps de madame Delmar est arrivé intact, sans aucune détérioration.

– On aurait dit Marilyn Monroe, ajoute-t-il d'un ton miséricordieux.

Chloé ne croit que ce qu'elle voit, et quand le préposé à la morgue ouvre la bâche, elle ne reconnaît pas la star hollywoodienne mais sa mère à la peau bleue. Certains l'aimaient chaude, là, elle est glacée. Chloé a rêvé de ce jour où elle se retrouverait face à son corps inerte, son visage inexpressif. Ce moment marquant la fin d'un calvaire. Elle aurait rêvé de lui enfoncer la tête sous l'eau et de l'y maintenir jusqu'à ne ressentir aucune résistance. Non, elle n'a pas envie d'organiser une veillée funèbre. Non, elle ne déposera pas un baiser sur son front dans la grande tradition judéo-chrétienne. La mère et la fille n'ont jamais été très proches, leurs histoires ne regardent pas le préposé à la morgue. Elle voudrait repartir sur un air de java à l'accordéon, mais ce serait très déplacé devant la gendarmette qui observe ses paroles et ses gestes. Le silence plombe ce lieu qui ne se prête pas à la fête. Elle se détourne de la cellule réfrigérante car elle en a assez vu.

– Vous pouvez refermer la bâche.

– Et en ce qui concerne l'enterrement ?

– Je ne sais pas, je n'y ai pas réfléchi…

– Vous souhaitez une cérémonie ? Un intermède musical ? Qu'est-ce qu'elle écoutait, votre maman ?

– Abba et Boney M.

– Ah oui, mais non… ça ne s'y prête pas.

Chloé ressort du funérarium, un peu sonnée et frustrée. Impossible d'exulter : « Merci la vie ! C'est chouette la vie ! » Eddy la soutient en marchant au soleil, montrant à quel point il est prévenant, d'un réconfort inégalable. Il se cramponne à elle comme ces gens qui marchent ensemble lors d'un enterrement dans les cimetières, épaule contre épaule, les doigts entrelacés, même par temps de canicule. Elle lui est reconnaissante et constate à nouveau ses talents de comédien. Toutefois, s'il pouvait la lâcher avec ses mains moites, ce serait très aimable.

La gendarmette met à sa disposition un fourgon de raccompagnement, mais ce n'est pas nécessaire, elle n'est pas seule, Eddy est à ses côtés. Ce bon vieil Eddy. Elle s'épate elle-même de participer à ce jeu de rôle et part en apnée au creux de l'épaule du toiletteur canin. La gendarmette relève un sourcil suspicieux. En remontant dans le fourgon, elle se demande si par hasard le moustachu ne se taperait pas la fille. C'est le scénario classique des amants criminels : ils suppriment la vieille, déguisent le meurtre en noyade et touchent le pactole. Un bon enquêteur ne bosse jamais sur des suppositions et se pose toujours cette question fondamentale : À qui profite le crime ? Ses collègues se marrent et lui conseillent d'arrêter les séries télé. En attendant, c'est l'heure de l'apéro.

Dans l'Alfa Romeo, Chloé bombarde Eddy de questions : comment s'est-il organisé ? Quelqu'un l'a-t-il surpris sur la plage ? Et sa mère, a-t-elle imploré sa pitié ? Quelle tête avait-elle au dernier moment ? C'était quoi son dernier mot ?

– Quand j'ai vu la marée montante, et personne autour, j'ai su ! C'était le moment de passer à l'action. Bref, j'ai attrapé ta mère et je lui ai enfoncé la tête sous l'eau, l'océan s'est chargé du reste…

Il part en roue libre et brode autour d'un pseudo crime organisé dont il serait son propre chef. Le mensonge est à moitié faux puisque le décor est juste. À chacune de ses paroles, il se prend pour le mercenaire que Chloé est venue chercher. Et le pire dans cette histoire, c'est qu'elle le croit, sidérée de ce revirement de situation. Seul un gars du coin pouvait connaître les éléments de la nature et les utiliser contre sa mère. Il a commis le meurtre parfait, méthodique et rusé, en s'abstenant de la joindre par téléphone. La police ne suspectera rien si elle consulte les appels. Prêt à remporter le gros lot, Eddy se caresse la moustache, tout en conduisant :

– J'ai rempli mon contrat, maintenant à toi de jouer !

– Bien sûr. Je tiens toujours parole.

Elle s'engage à revendre sa maison et à lui remettre une jolie somme. Cette semaine, elle contactera un agent immobilier puis quittera Soustons dans la foulée. Sa mère est morte, les voisins comprendront qu'elle fuie ce coin maudit. Soustons lui aura fait moins bonne fortune qu'à François Mitterrand.

Coude posé sur le rebord de la fenêtre, Ray-Ban aviateur sur le nez, Eddy se met à chanter :

– « Elle était maquilléééée… comme une star de cinééé… »

Il mate sa gueule dans le rétroviseur. La moustache lui confère un air de marlou, la chaîne en or brille autour de son cou, et bientôt, il sera millionnaire. « C'est pas une vie d'chien ! » pense-t-il en accélérant sur la route bordée de platanes.

Chapitre 32

C'est un jour comme un autre : Chloé a ouvert toutes les portes vitrées pour faire entrer la fraîcheur fugace du matin. Cet été caniculaire n'en finit pas. Elle a pris une douche froide, revêtu une robe en coton bleu délavé, puis elle est partie s'acheter des croissants à la boulangerie. Les mêmes personnes se croisent, au même endroit, au même moment. Assis sur son banc en pierre moussue, Dédé fixe la route en comptant les quelques voitures qui passent. Peut-être que quelqu'un viendra le divertir. Il aperçoit Chloé et lui tend la main. Ses yeux s'humidifient, mais les larmes restent bloquées au ras des cils. Au village, tout le monde sait que Maryse Delmar s'est noyée, qu'elle a rejoint le Parisien là-haut, que la fille est orpheline dans cette immense baraque à la lisière de la forêt. Pauvre petite fille riche. « L'argent ne fait pas le bonheur », répètent les gens à la boulangerie. Chloé prend la main de Dédé et la serre fort. Elle n'est pas seule, elle a toute la forêt des Landes avec elle.

– Tu me dis si t'as besoin de gaz… même si t'as besoin de rien.

Une larme finit par s'échapper, car il aimait beaucoup Maryse. C'était une belle femme, toujours élégante, célèbre à son époque, moins que Mitterrand, mais elle a fait jaser au village. C'est tragique de finir bouffée par les crabes. Et en même temps, ça met tout le monde sur le même plan.

– On est bien peu de chose, dit-il en haussant les épaules.

La larme glisse le long de son visage ridé sans jamais l'irriguer. Il a la peau sèche, le cuir dur des hommes qui ont vécu entre la route et les champs, frappé par le soleil et le vent.

– Ne pleure pas, Dédé.

– C'est la tristesse qui sort...

Chloé le console dans ses bras. Ce n'est pas un jour triste mais un renouveau. Elle est une enfant du pays, par intermittence, elle n'est pas très loin en train. Il y aura d'autres parties de pétanque, d'autres petits jaunes à boire, d'autres couchers de soleil entre les pins. Elle essuie la larme coulant le long de la joue du vieux et dépose un baiser sur sa peau salée.

– Ah la *petiote*...

Et il n'en dit pas davantage. Le temps s'étire sur ce banc en pierre moussue.

C'est un jour comme un autre : Chloé s'en va incinérer sa mère. La réduire en cendres, vite, comme on désintègre un objet encombrant. Peu avant midi, elle a rendez-vous au crématorium. Ce n'est pas l'endroit rêvé, cependant chaque jour apporte son lot de surprises. Le préposé à la morgue a les mains gantées, il l'invite à entrer en vue d'assister à la crémation. Sa mère est allongée dans un cercueil en pin, les yeux fardés de bleu nuit, habillée de son justaucorps rose.

– C'est assez inouï ce genre d'accoutrement pour une incinération, dit-il.

– Ma mère était très attachée à sa tenue d'aérobic. C'est ainsi que je souhaite lui dire adieu.

Il était hors de question de lui offrir des funérailles, avec sa tête en photo sur une sépulture en marbre et une immense gerbe de fleurs. Elle n'a prévenu aucun ami, aucune connaissance, même pas la femme de ménage. Elle racontera que ce fut un malheureux accident, particulièrement choquant, et qu'elle avait ressenti le besoin de se recueillir dans la plus grande intimité. Et Eddy, que fait-il en ce moment ? Il toilette des caniches, il vend du rêve, il roule des mécaniques devant les curistes.

– Vous souhaitez réciter un poème ou une prière ?

– Je n'en connais pas.

– Il y a ce poème approprié d'Alfred de Musset qui s'intitule « À ma mère ».

– Allez-y, je vous écoute…

Le préposé à la morgue racle sa gorge et s'exprime d'une voix claire, en articulant chaque mot et en roulant les R :

– « Ô toi, dont les soins prévoyants, dans les sentiers de cette vie, dirigent mes pas nonchalants, Ma mère, à toi je me confie. Des écueils d'un monde trompeur, écarte ma faible nacelle. Je veux devoir tout mon bonheur à la tendresse maternelle. »

Chloé se retient de pouffer de rire, tellement elle ne se reconnaît pas dans le texte. Le préposé à la morgue garde une main gantée sur le cœur, l'autre actionne le levier de mise en marche. Comme une perruche rose véhiculée sur un rail, Maryse Delmar entre dans les flammes.

C'est un jour comme un autre : Chloé emporte sa mère avec elle, côté passager, mais cette fois dans une urne, un objet froid et encombrant, moins onéreux qu'une pierre tombale. Elle conduit en ralentissant dans les virages, afin que l'urne ne se renverse pas et que les cendres ne se répandent pas dans la Golf. Elle tourne à gauche au rond-point, puis continue tout droit sur une route de campagne. Les arbres défilent et chassent le souvenir traumatisant d'une mère fière d'avoir couché avec le copain de sa fille. Chloé se souvient du studio d'Alexandre, du choc d'y trouver sa mère plantée là, de son arrogance au coin des lèvres suggérant : « Je suis passée lui montrer ce qu'est une femme. » Elle avait l'haleine chaude et le rouge à lèvres baveux comme une prostituée bas de gamme.

Sur un chemin désert, Chloé s'arrête. Elle descend de la voiture aidée de sa canne et emporte l'urne sous le bras. Aucun habitant ne se promène à pied ou en tracteur. C'est maintenant ou jamais. Sans état d'âme, emportée par son élan, elle jette les cendres de sa mère dans le fossé. Ce qui reste de Maryse Delmar se disperse dans les herbes hautes et s'écoulera avec l'eau de pluie. Il a fait tellement chaud ces derniers jours qu'un bel orage lavera les esprits. Sa mère est éparpillée au-dessus des pissenlits, là où des chiens ont dû uriner pour marquer leur passage.

C'est un jour comme un autre : Chloé fait un détour chez le boucher pour acheter des saucisses. Il est temps de fêter l'événement autour d'un barbecue. Elle compte inviter Eddy à déjeuner dimanche, une manière de sceller leur pacte et de le remercier du mal qu'il s'est donné pour accomplir sa mission. Grâce à lui, elle n'a pas dû se salir les mains. Ensemble, ils trinqueront à leur liberté commune. Peut-être se baignera-t-il nu dans la piscine.

Chapitre 33

Non, non, non ! Eddy n'est pas disponible pour emmener Gisèle Bourdieu à la Musardière. L'octogénaire s'est faite belle pour aller danser, maintenant elle doit se trouver un autre cavalier. Elle se lamente d'une voix chevrotante au téléphone, d'autant que c'est son dernier dimanche avant de retourner en Franche-Comté. L'été prochain, elle craint de ne plus être aussi alerte, assaillie de rhumatismes, Eddy sera bon pour la pousser en fauteuil roulant. Il lui sape davantage le moral quand il lui annonce son intention de quitter Dax pour la Guadeloupe. Ses journées seront rythmées par la plongée sous-marine, en compagnie de tortues et de raies manta. Gisèle est foudroyée. Il était son danseur préféré, son hidalgo en chemisette, son gaillard parfumé au Brut de Fabergé. Que va-t-elle devenir toute seule dans sa robe rose ? Est-ce qu'il pensera à elle aux Antilles ? Eddy la console de quelques mots empruntés au standard de la chanson française :

– Allons, allons, Gisou ! « La terre n'est pas assez ronde pour m'étourdir autant que toi. »

Il la tutoie quand il lui fait son numéro de charmeur, et elle soupire tellement elle y croit. Sur ces belles paroles,

Eddy est navré mais il est attendu à Soustons. Il lui dit « au revoir, ma p'tite Gisou ». Il lui envoie plein de bisous. Puis il se passe un déodorant en spray sur le torse, enfile une chemisette en lin blanc et saute dans son Alfa Romeo.

Chloé siffle un air de Yann Tiersen sous la pergola : « La Valse des vieux os ». Elle termine de dresser le couvert lorsqu'elle entend une voiture se garer devant la maison. Eddy est à l'heure, un bouquet de roses blanches à la main. Elles évoquent la lumière et la résurrection, des fleurs idéales pour accompagner dans le deuil les proches d'un défunt. C'est un détail important si jamais les gendarmes reviennent lui poser des questions. Ils se rendront compte du lourd chagrin dans lequel la fille a sombré. Comme il est malin, le toiletteur. Comme il pense à tout. Elle met les fleurs dans un vase et le pose sur la commode de l'entrée. En cas d'enquête, les gendarmes tomberont dessus dès leur arrivée.

Eddy retrouve la vieille bâtisse et tape sur les poutres apparentes comme un charpentier fier de son boulot. En quelque sorte, les murs lui appartiennent désormais et vont lui rapporter un million. Chloé lui montre la table installée dehors, deux assiettes l'une en face de l'autre pour deux justiciers associés contre les mères indignes. Elle le remercie encore d'avoir été aussi habile en lui caressant la joue comme l'aurait fait Maryse. Eddy a un bref mouvement de recul.

– Si tu veux sauter tout nu dans la piscine, ne te gêne pas, j'ai déjà tout vu, tu sais…

Elle éclate d'un rire décomplexé, une façon de le mettre à l'aise comme il l'a toujours été dans cette maison. Eddy se demande si Chloé a des vues sur lui. Son regard insistant sur sa chemisette entrouverte en dit long. Il ne voudrait pas qu'elle se fasse des idées. Elle est en manque d'amour, de mec, d'action, mais lui ne va pas se dévouer par charité. Pas son genre, la fille, un point c'est tout. Elle le prend par la main, l'entraîne dans la cuisine. Et cette main, ne serait-elle pas un geste affectueux pour le retenir, une prémisse à l'accouplement ? Il pensait lui déplaire, ce qui arrangeait son compte, dans le sens où il n'aurait pas à chercher un stratagème pour repousser ses avances. Maintenant il va devoir mettre les choses au clair, avant que la fille reprenne le rôle de la mère et lui fasse du pied sous la table. Eddy ne baissera pas son slip, il restera honorable. Son attitude va dans l'intérêt de Chloé : s'ils devaient coucher ensemble, elle tomberait amoureuse et elle aurait le cœur brisé. La pauvre fille n'a pas eu une vie facile, il ne tient pas à l'achever.

Sur un plateau en bois, elle dispose des bâtonnets de concombre et de carottes, puis elle ouvre le réfrigérateur pour attraper une grande assiette de chipolatas et de merguez.

– J'ai envie de saucisses, dit-elle avec un naturel confondant en lui tendant le plat.

Eddy ne sait pas comment interpréter ce message subliminal.

– Tu sais allumer un barbecue à gaz ?

– Euh… oui !

– Décidément, t'es doué pour tout.

Il se met à l'ouvrage, éludant les insinuations de Chloé, une fille métamorphosée depuis le décès de sa mère, tentatrice et délurée. Il s'éloigne d'elle, rejoint la terrasse, pose l'assiette sur la table de jardin et prend les choses en main. La première étape est de vérifier que la bouteille de gaz soit ouverte. Tout fonctionne sauf le démarreur électrique. Il a beau appuyer dessus, rien ne se déclenche.

– C'est normal, prévient Chloé depuis la fenêtre de la cuisine, il est défectueux depuis des années. Utilise la boîte d'allumettes posée à côté.

Eddy est l'homme de la situation et n'a pas d'autre choix que d'en craquer une. C'est l'instant magique et fabuleux, convoité par des milliers de pyrotechniciens ou de pyromanes. Dès le frottement contre la boîte, le bout rouge de l'allumette s'enflamme, et aussitôt une explosion retentit. L'onde de choc est si brutale qu'elle souffle la pergola et le jasmin. La terre gronde. Les vieux murs en pierre tremblent. Des carreaux de portes vitrées éclatent. Le ciel bleu est déchiré. N'importe quel voisin penserait que la guerre est déclarée à Soustons. Une guerre sans merci qui entraînerait le reste de l'humanité.

Après, c'est le silence, une fumée épaisse sur la terrasse meurtrie, une odeur âcre de métal brûlé. Un décor de tuerie dans les tranchées, suivi d'un vaste mouvement de paix. La nature reprend ses droits, mais les oiseaux s'en sont allés.

Chloé se relève, la tête entre les mains, les oreilles bouchées. Lorsque Eddy a ouvert la boîte d'allumettes, elle s'est mise en sécurité en se recroquevillant devant l'évier de la cuisine. À travers la fenêtre, elle aperçoit le corps du toiletteur encastré dans le mur en pierre, ses jambes arrachées, son visage réduit en bouillie. On ne distingue plus sa jolie moustache. Il n'est qu'un tronc de viande cramée.

– On est bien peu de chose, dit-elle à son tour.

Elle aurait voulu voir son air conquérant de mâle en charge du barbecue, avant qu'il n'explose bêtement.

– Qu'est-ce qu'il croyait, l'idiot ? Que j'allais abandonner la maison de mon père et lui donner un million ? Que je lui taperais sur l'épaule en lui souhaitant bonne chance l'ami ?

Le jour où ils s'étaient rencontrés dans le jardin, Eddy ne sentait pas l'odeur de l'étang. Il avouait un odorat déficient. C'est pratique face à des chiens nauséabonds ou à un ami qui refoule du goulot, ça l'est beaucoup moins lorsqu'il s'agit de manipuler une bouteille de gaz. Ah, cette fameuse bouteille que les gars de Dédé ont installée il y a des années. Chloé a pris soin de saboter le tuyau en caoutchouc. Une petite fissure à peine visible à l'œil nu. On la mettra sur le compte de la vétusté. Qui le lui reprochera ? Un accident domestique est si vite arrivé. Il ne faudrait plus utiliser de barbecue datant de l'époque de François Mitterrand. Le gaz s'est volatilisé, Eddy n'a rien senti, l'allumette a servi de détonateur, la déflagration a été redoutable.

Le toiletteur était le seul à savoir que Chloé voulait supprimer sa mère. Si la gendarmette l'avait traqué et persécuté, quitte à lui faire cracher la vérité sur l'oreiller, cet abruti aurait tout avoué. En tant que complice, il restait un témoin gênant. Désormais, personne ne touchera à ses rentes ni n'exercera un quelconque chantage. D'accordéoniste, Chloé s'est transformée en poseuse de bombes.

Elle semble se réveiller d'un mauvais rêve, apaisée de retrouver le monde réel. Il est difficile d'attester l'heure exacte d'un décès à la minute près, mais elle ne doit pas tarder, surtout si les voisins ont entendu la détonation et aperçu la fumée. Les gars de Dédé vont traverser la clôture d'un instant à l'autre. Jambe raide en avant, comme chaussée d'une ballerine, elle renverse son visage vers les poutres apparentes au plafond. Aidée de sa canne, la jeune femme réalise une pirouette et lève l'autre bras en un battement d'aile de cygne. Gracieuse. Malicieuse. Un pas d'un côté puis de l'autre, elle se précipite dans le salon, se jette sur le téléphone, appelle les pompiers, se concentre pour jouer la femme horrifiée et s'écrie :

– Venez viiite, c'est horriiible ! Le barbecue a explosé !

Remerciements

à Laurence et à Camille, qui m'ont écouté «faire le pitch» sur une plage en été,

à Évelyne, pour ses conseils en libido et en sexualité,

à Martine, pour ses infos en rhumatologie et en cures thermales,

à Chloé, pour ses lumières sur l'univers de Tinder,

à Marie-Agnès, Sylvie, Véronique et David, pour leur lecture attentive et leur avis sur un mot, une phrase, ou une virgule manquante,

à ma mère qui a validé ce texte, en me disant : «C'est chaud mais ça décoince»,

à Anne, pour sa bienveillance et sa compréhension,

à Éléonore, sage-femme, qui m'a aidé à accoucher de cette histoire, à toute l'équipe de Fayard qui m'a ouvert les portes de la maison,

à toutes les lectrices et à tous les lecteurs qui me suivent et m'encouragent, roman après roman.

Retrouvez Nicolas Robin sur Instagram :
Nicolasrobin_nr

Cet ouvrage a été imprimé en France par
CPI Brodard & Taupin
Avenue Rhin et Danube
72200 La Flèche (France)

pour le compte des Éditions Fayard
en avril 2023

Photocomposition Belle Page

PAPIER CERTIFIÉ

fayard s'engage pour
l'environnement en réduisant
l'empreinte carbone de ses livres.
Celle de cet exemplaire est de :
400 g éq. CO_2
Rendez-vous sur
www.fayard-durable.fr

N° d'édition : 78-3245-2/01 - N° d'impression : 3052927